情景の殺人者

森 博嗣

KODANSHA NOVELS

講談社ノベルス

カバー装画
坂内 拓
カバーデザイン
鈴木成一デザイン室
ブックデザイン
熊谷博人・釜津典之

プロローグ
11

第一章
慣れない開幕
31

第二章
響かない幕間（まくあい）
100

第三章
続かない暗転
173

第四章
訪れない閉幕
246

エピローグ
321

Scene Killer
by MORI Hiroshi
2023

登 場 人 物

梅原恵吾 ——— 演出家
梅原沙保里 ——— その妻、俳優
新垣真一 ——— 演出助手
明知大河 ——— 俳優
福森宏昌 ——— 俳優
草元朱美 ——— 俳優
成瀬舞花 ——— アイドル
三郷元次郎 ——— 資産家
雨宮 純 ——— ジャーナリスト
加部谷恵美 ——— 所員
小川令子 ——— 所長
鷹知祐一朗 ——— 探偵
牛田 ——— 刑事

　われわれ法の執行に従事する者は被害者や生存者に同情をおぼえがちであり、演出された犯罪の捜査にはこの点が障害となる。打ちひしがれた者を、われわれは信用したくなる。彼に演技力が少しあり、犯罪におかしな点がなさそうなら、それ以上は詮索（せんさく）しない傾向がある。しかし、われわれが客観性を失えば、いい結果は得られない。

（マインドハンター　ＦＢＩ連続殺人プロファイリング班／ジョン・ダグラス＆マーク・オルシェイカー）

プロローグ

わたしは、殺人事件担当の刑事たちとしゃべったり、検屍官のオフィスへ遊びに行くようになった。たいていの優秀な刑事はもとより、検屍にあたる病理学者はみんな、どんな殺人事件の捜査でもいちばん重要な証拠は被害者の体だ、と指摘するだろう。わたしはできるだけ多く学ぼうと思った。刑事や検屍官のスタッフといっしょに作業するのも楽しかったが、わたしがほんとうに関心をもったのは心理学的な側面、つまり何が殺人の引き金を引くのか、ということだった。

まるで舞台の大道具のように平面的な、絵に描いたような背景だった。色はなく、白と黒。鮮明なコントラスト。無色と静寂にすべてが包み込まれていた。

自分の鼓動と、息と、雪を踏む奇妙な音だけが、それぞれのリズムで続いていた。

寒さは感じなかった。

手足の指が痛む。けれど、躰はむしろ熱くて、汗をかいていたかもしれない。

家から出てきたのは、怖かったからだ。

あまりにも静かだから、薪が燃える音だけが、異様に大きい。暗い天井を見上げると、光っているはずの電球が、どこにあるのかわからなかった。

停電らしい。

そういえば、雪で樹が倒れて、停電になることが一冬に何度かある。里からここまで、この家のためだけに電線が一本、じっと健気に通っているけれど、それを切ることができる樹々は、圧倒的に多数あるのだから、いたって無理もない。

停電が怖かったのではない。

このまま一人になってしまうのではないか、という恐怖。

自分だけで生きていけるだろうか、という不安。

あまり多くのことは考えられなかった。同じこと、同じような未来を想像するしかなかった。限られた経験しかなく、限られた言葉しか知らなかったからだ。

しばらくの間、一人で暗い室内に揺れる炎のオレンジ色を、ただじっと疑いもせず見ていた。しかし、それもだんだんと小さくなって、やがて炎は消え、黒い薪の僅かな赤味になってしまった。既に暖かさも失われている。新しい薪を焚べることをまだ知らなかった。知っていたかもしれないけれど、もう遅かった。

意を決して、上着を探した。だが、もうそれを着ていたことに気づく。室内でもそれくらい寒くなっていたのだ。

雪は夕方頃から降りだして、普通の靴ではすっぽり沈んでしまうほど積もっていた。地面は白く滑らかで、凸凹が消えている。どこが道なのかよくわからない状態だったけれど、歩ける場所は二とおりしかない。玄関から山を下りていく道と、裏の山へ上っていく道だ。

雪はもう止んでいて、風も多少は収まっている。空を見上げると、意外にも明るかった。最初は樹の中で光るものがあるように見えたけれど、それは、ぼんやりとした丸い月だった。その月明かりで、樹の影が真っ直ぐに地面に伸びている。夜なのに、その影がくっきりと鮮明で、きっと地面がスクリーンのように綺麗な純白だから、こんなふうになるのだな、と思った。

その月の光でいつもより白い地面に、母が倒れていた。

そして、赤い雪が周辺に飛び散り、俯せになった躰の下には、雪を解かすほどの赤い血が、生きている影のように広がっていた。

母の顔は横を向き、目を開けている。

その目は、こちらを向いているようで、なにも見ていない。

死んでいるんだ、とすぐにわかった。

人間の死というものを、初めて見たのに、何故かわかった。

近づくのは怖い。

死んだ人間は、死んだばかりだと生き返るかもしれない。

襲いかかってくるかもしれない、と発想した。

母の顔が、とても怖かったから、そう思ったのだ。

声を出すこともできなかった。風の音と、樹が揺れる音だけが、渦巻いていた。

母まで十メートルくらい離れている。もう少し近づこうとして、一歩だけ踏み出したとき、思いもしないものを見つけた。

白い地面に足跡があった。

人間の靴の跡。

続いている。

道を下っていく方へ、幾つも続いているようだった。遠くまでは見えない。でも、それは大きな足跡で、母のものではない。

その足跡を消してはいけない、と何故か考えた。壊してはいけない。そういうものだ、という気がした。テレビで、そんな場面を見たからかもしれない。

ばたんという音が聞こえた。道を下っていった先の方向だった。

そのあと、エンジンをかける音。

ずっと遠くから、光が途切れ途切れに届いた。光は動いて、そしてすぐに見えなくなった。自動車が動いた音だろう。誰かが、ここから車まで歩いていって、その車はたった今、出発したのだ。こちらへ来る様子はないから、里の方へ下っていったのだろう。

そこでじっと立っていた。

なにも起こらない。

なにかを待っているような気がしたけれど。

なにも来ない。

どうすれば良いだろう、と考えた。けれど、どうすることもできない。

車で去った人を追いかけることはできないし、誰かを呼ぶこともできない。この近くには家は一軒もないからだ。

寒くて、もう立っていられなくなった。ここで座ったり寝たりすることはできない。きっともっと寒くなるだろう。

母は、もちろん全然動かない。赤い血も、動かなくなっていた。

死んでいるというのは、そうなんだ。そういうことなんだ。

待っていても、自然に生き返ることは、きっとない。

あんなに血が流れたのだから。

その血も今は止まっているようだ。もう血がないのだろう。

車で去った人を知っている。

ここへ来るのは、あの男だけだからだ。

いつも車でやってくる。決まって、夜遅くに来て、朝には帰ってしまう。何をしにきているのかは知らない。母と話をしているのだけれど、別の部屋なのでよく聞こえない。あれは誰なのか、と母にきいたことはあった。よく覚えていないほどまえのことで、母の答もはっきりと覚えていない。

男が持ってきたものを、翌朝に食べる。ケーキだったり、果物（くだもの）だったりした。子供の好きなものを選んできたのだろうか。でも、ケーキも果物も、それほど好きじゃない。そういう子供もいるんだ、と教えてやりたかった。母だって、それを知らない。そういうことを言わないようにしていた。

いつも黙っていたから……。

話すことを言葉にできない。そういうふうに考えられない。

でも、絵を描いていた。クレヨンがあって、画用紙もあったから、時間があって、眠くないときは絵を描いていた。虫の絵か、恐竜の絵だった。鳥の絵も描いたかもしれない。あまりよくは覚えていない。

その恐ろしい夜は、どんなふうに明けたのだろう？

その記憶は、どこへ行ったのだろう？

あるいは、すべてが夢だったのかもしれない。

しばらくすると、新しい家で生活していたし、新しい家族が暖かい空気のように纏わりついていた。薪を燃やすような必要もない、暖かいところに住んでいたのだ。

人生が、切り替わった。

まるで、舞台がぐるりと回転したみたいに、違う幕になっていた。

そこで、大人しく生きていくしかなかった。

考えないようにしたし、思い出さないようにした。

新しい経験が、あの記憶を消してくれるような気がした。

自分のこれまでの人生は、誰のものでもない、つまりあれは、誰でもなかった。

白い地面に月の明かり、そして赤い綺麗な……。

途轍もなく綺麗な……。

あれは、何の赤だったのか？

そこに、人が倒れていたような気がする。

足跡だけを覚えているけれど、誰がいたのか？

樹のシルエットと、赤いなにか。

残る記憶は、しかし消えることはなく、むしろ鮮明になるばかりだった。
何度も、そのシーンを見る、起きているときも、寝ているときも。
赤い、綺麗な……、
柔らかい曲線で囲まれた、
真っ白な……。

*

自分の夢の美しさを、なんとか人に伝えたい、と思うようになった。それに気づくまで、自分はきっと無気力だっただろう。ところが、「表現」という言葉が、隕石(いんせき)のような衝撃を伴ってやってきた。天から降りてきた、まさに天啓だったのだ。

中学生になって映画のクラブに入ったのだが、もともとは近所の友人に誘われたからだった。友達と呼べるような間柄(あいだがら)の唯一の人物だった。そして、ここが自分が生きる世界だと、やがて強く信じるようになった。これまで、なにかに打ち込むようなことはなかったのに、突然、しかもある日を境に、そうなった。友人たちが撮影したフィルムを暗い部屋で見ているときだった。

こうすれば、誰かに見てもらえるのか。周りの何人かの横顔を見ていたら、誰もが目を輝かせている。

　スクリーンの映像は、白黒だったから、撮影したときと同じではない。色がなくなっていた。それもあって、薄暗い地面が何故か白く見えたし、照明のためにできた影がくっきりと現れていた。人が倒れているシーンで、それも友人なのだが、顔は見えない角度で、躰の下にやはり影ができていた。それが、赤かったらな、とふと思った。

　これまで、人生というものを考えもしなかった。ずっと子供のときのまま、曖昧(あいまい)で、ぼんやりと生きていた。出されたものを食べ、指示されるとおりに行動した。そうすれば、叱(しか)られることがない。それだけで充分だった。

　しかし、このとき、初めて未来が見えた。自分の未来。人生の先のことだ。

　それからというもの、寝ても覚めても、映画のことを考えた。どうすれば、もっと近づけるだろうか。友人にも話したし、家族にも相談した。学校の先生にも打ち明けた。みんなが一様に喜んでくれた。そういう話をすると、周囲は笑顔になることを知った。急に勉強もする気になった。映画を作るためには、進学した方が有利だと聞いたからだった。それに、家族も賛成してくれた。意外なことに、恵まれた環境にあったのだ。いつからこんなに幸せな場所に自分はいたのだろう、と不思議に思うほどだった。

　そうか、これまで自分は眠っていたのかもしれない。

全部夢の中だった。だから、なにものにも感情を揺さぶられることがなかった。怒ったり、泣いたり、笑ったり、そういうことを本当にできなかった。みんな嘘だと思っていた。振りをしているだけだろう。だから自分もそれに合わせて、逆らわないようにしよう、とだけ考えていた。

面白いこともなかったし、嫌いなこともそれほどなかった。自分から話をするような気にもなれなかった。問われれば、ただ反応し、適当に答えるだけだった。

全部、それは夢だったのだ。

今、目覚めたところだ。

だから、見るもの、聞くもの、すべてが新鮮に感じられた。数々のものに焦点がきちんと合うようになり、文字もすらすらと読めるし、頭の中へ自然に入ってくる。だから、勉強が普通にできるようになり、友人たちから驚かれた。どこかの塾に通っているのか、家庭教師がついたのか、などときかれた。

家族も優しくなった。こちらから話しかけるようになったら、みんなが嬉しそうに受け答えをしてくれた。すべてが楽しく、明るく、なにもかもが上手くいくような気がした。ただ、途中から、だんだん現実的な未来へシフトする。早く仕事をして、自立しなければ、と考えるようになった。

そして、二年後には専門の学校に合格することができ、街へ一人で出ていった。その街で、沢山の仲間ができた。最初は映画館に入り浸り、図書館で映像技術の勉強を熱心にしたけれど、ある友人と親しくなって、演劇の手伝いをするようになった。アングラの劇団の人たちとつき合うようになり、また人生の転機が訪れた。

それはちょうど、殺人事件が起こるシナリオで、しかも雪が降っている場面が殺人現場だった。観客席ではなく、舞台袖からそれを眺めていて、急に子供のときの記憶が蘇った。

躰が震え、寒くなった。

そして、涙が流れ始めた。

幸い、近くには誰もいなかったし、暗い場所だったから、泣いているのを見られるようなことはなかった。震える自分の躰を、力を込めて支えなければならなかった。どこか別の場所へ逃げ出したかったけれど、どちらへ行っても、そこよりも明るいし、人に出会ってしまう。鼓動は速く、息も荒かった。ポケットに手を入れると、マスクがあったから、それで口元を隠すことにした。

気持ちを抑えるのに五分くらいかかっただろう。既に殺人のシーンは終わって、別の場面に移っていた。殺された本人が、舞台から戻ってきて、すぐ目の前を歩いて通った。汗をかいていたし、笑顔だったので、こちらも溜息をつき、ようやく落ち着くことができた。

その体験が、スイッチだっただろう。

この頃には既に珍しいことになっていたが、子供の頃には、よく同じような白昼夢に近い状況に陥った。発作のようなものだと自分では認識していた。しばらく起きなかったので、すっかり治ったものと考えていたのだ。なにか、見えないように蓋をしておいた箱が、突然壊れて中身が漏れ出したような、そんな感じだった。

あれは、夢ではなかったのだ。つまり、現実に起きたことだった。

自分が実際に体験したこと、この目で見たことだったのだ。

その後、まるで確かめるように、同じシーンをたびたび思い浮かべるようになった。

そのシーンというのは、静かな月明かりの夜で、地面は雪で覆われ真っ白。

そこに女性が倒れている。

彼女は瀕死で、流血している。

その血が、雪を解かしながら、ゆっくりと流れている。

女性の手が少しだけ動いたかもしれない。

白くて細い指が、雪の上で最後の微動を終えて、そのまま凍るように動かなくなる。

それでも、赤いものは静かに、広がっていくのだ。

自分は、このシーンをどう感じているのだろうか、と考えた。何度も、繰り返し現れて、そのたびに鼓動も息も速くなる。それは、恐怖だろうと認識していたのだが、どうもそうではない。映画やテレビでホラーと呼ばれるような映像を見たときの感覚とは全然異なっているからだ。怖かったら、きっとびっくりして、すぐに逃げ出すだろう。

そうではない。

何故なのか、それを見続けていたいと感じた。そこにじっと留まって、立ち尽くして。だからこそ、これほど鮮明な印象が刻まれたのだ。

その舞台のあと、数日しないうちに、頭痛に襲われた。風邪(かぜ)をひいたのだと思った。でも、それがいつまで経(た)っても治らない。だんだん酷(ひど)くなった。横になると頭が激しく痛むから、眠ることもできなくなった。

我慢ができなくなって医者に診てもらった。薬ももらった。少し良くなったように思えたし、薬の効果なのか、眠れるようになった。このまま治まってくれることを願った。

しかし、この症状は、その後ずっと、いつまでもつき纏っている。なにもない期間があっても、結局またぶり返して、二週間ほど駄目になる。それが繰り返し訪れる。医者に通い続け、いろいろな検査も受けたけれど、原因はわからなかった。

そのうちに、吐き気(はけ)に襲われるようになり、躰の節々が痛くなった。頭痛が躰全体に広がったように感じた。

食欲はなくなり、酒が飲めなくなった。飲むと余計に頭痛が酷くなるからだ。酔えば緩和すると、最初は誤解して飲んでいたのだが、それが、いつの間にか逆になった。少しでも飲むと、気分が悪くなり、嘔吐(おうと)し、強烈な頭痛に襲われる。

学校にはもう通えない。ずっと下宿に引き籠もるしかなかった。友人が訪ねてくると、誰もが驚くのだ。いつの間にか体重も減り、顔つきも変わったらしい。鏡も見ていなかったから、自分では気づかなかった。とにかく、普通に生きていきたい。もうそれだけが希望だ。

それとも、いっそこのまま死んでしまいたい、と考えるようになった。

だけど、死ぬことだって、そんなに簡単ではない。

なにも食べないで過ごせば、死ねるだろうか？

それとも、睡眠薬を大量に飲めば良いだろうか？

下宿は、木造アパートの一階だった。階段を上がっても、大した高さにはならない。飛び降りられるような場所まで行く体力がない。なにもかも面倒で、躰を起こすことさえも億劫になった。

それでも、空腹には耐えられない。余計に気持ちが悪くなる。だから、すぐ近くの小さなスーパで買ってきたものを齧り、水道の水を飲んでいた。食べすぎると、また吐いてしまうことがわかっている。風呂にも入らず、着替えもできなかった。

この不健康で最低の生活が、半年ほども続いた。幸いなことに、どんどん悪くなるのではなく、良くなったり悪くなったりを周期的に繰り返す。しだいに、慣れてきたともいえた。

将来にわたって、ずっとこんなふうなのか、という不安もあったけれど、意識を失うようなこともなく、我慢ができないほど痛いわけでもない。なんとか我慢をして、そっとやり過ごす。とにかく、時間が過ぎていくのを待つ。そんな手法が唯一の選択肢だった。

このじわじわとした悪夢のようなサイクルから解放されたのは、年明けの頃、学校に通っていれば、試験に追われている時期だった。もう、卒業はすっかり諦めていて、いつ退学願を出そうか、くらいにしか考えていなかった。

毛布にくるまって、ベッドの上で躰を丸めていた。

蛹になったような気分だったのに、急に目が覚めたような気がした。つまり、今まで眠っていたのだろうか。そういうこともわからなくなってしまった自分が情けない。違う。情けないなんて、もう感じていない。もともとこうだったのだ。

ずっと何を考えているのかわからない子供だった。ぼんやりとして、反応の鈍い、話しかけられても答えられない、そんな人間だったのだ。そう、そちらが本当の姿だった。なのに、ここしばらく、異様に元気だった。映画とか演劇とか、そういうものに憧れる夢を見ていた。

夢だったのだ。

窓の明るさを見ている。

静かだった。

まるで明け方のように。

しかし、時計を見ると、午後十時まえ。いつもなら、アパートの前の道を自動車が通る音が途切れない。どうしたのだろう、と窓をもう一度見ると、ガラスがいつもと違っていた。

立ち上がって、窓に目の焦点を合わせる。

ガラスに付着してるものは、何だろう？

さらに近づいてみる。

外の街灯の方へ視線を向けると、そこに流れるものが見えた。

雪だ。

雪が降っている。

窓を開けて、外に顔を出す。空気が冷たかったはずだが、それを感じるよりも、辺りの白い風景が強烈に目に飛び込んできた。

屋根（やね）も、道路も、どこもかしこも、白くなっていた。

この街へ来て、初めての雪だった。

外に出てみたい、と思った。躰の動きが速かった。焦っているような、なにかに追われているような感じ、じっとしていられない、差し迫ったものがある、今すぐになにかをしないといけない、そうしないと大変なことになる。だが、そんなはずはない。約束もしていないし、誰かに叱られたわけでもないし。でも、すぐに行動しないと、という巨大な気持ちが湧き上がってきた。

外に飛び出したかったけれど、さすがに着ている寝巻きがまずい。そういうことに気が回るのは、最近では珍しいことだった。頭の回転も速くなっている証拠だ、と自覚した。不思議だ、まるで元気で健康な人のようだ。だいたい、ベッドから素早く立ち上がったのだって、自分ではありえない。

着替えをした。持っている服で一番厚手の上着も。

外へ飛び出した。靴下を履いていないし、サンダルだった。だから、まず、足が冷たかった。冷たいと感じることだって、素晴らしく新鮮だった。

綺麗だ。真っ白で、なにもかも覆い隠されて、柔らかい毛布をかけたような暖かさ。風に舞う白い粒子も、視界の先で重なり合って、煙みたいに動く。

いつもは、人も車も行き交う場所なのに、ひっそりとして誰もいない。

静けさが、ぴんと張り詰めているようで、子供の頃の、田舎と同じだった。

まるで、舞台のようだ、と気づいた。

右を見て、左を振り返った。今、幕が上がったところのようだ。

街灯が照らす白いステージ。

少し歩くと、建物の間の細い隙間に、茶色の小さなものが落ちていた。

雪に半分埋まっていて、見えている部分も、既に白っぽく、ベージュに近い色。

動かないけれど、毛布のような表面。

近づいて、膝を折った。

猫だとわかった。顔が半分見えて、耳があった。目も少し開いている。

盛り上がった雪の奥に、赤い色が浮かび上がっていた。

この猫の血だろうか。

怪我をして、動けなくなったのか。

触ろうとして伸ばした手を、ゆっくりと引っ込めた。

ポケットにその手を入れて、立ち上がる。

自分の影で、猫は闇の中へ。

これは、あのとき、見た。

同じものだ。

白と、赤と。

光と影と。

深呼吸をする。瞬きを意識的にして、一歩後退。猫はまた街灯の光に照らされる。離れると、赤い部分は影のようだった。

周囲を見回す。誰もいない。雪は降り続いている。車も動いていない。人も歩いていない。地球が滅んでしまったような静けさ。

　また深呼吸。

　不思議なことに、頭痛がなかった。ぼんやりともしていない。眠くもない。むしろ気持ちが良い。異様に爽やかだった。背伸びをしたい、両手を上げたい気分。元気が漲っているかのような高揚感。そして、空腹を感じた。

　なにか食べたい。もっと生きていたい。

　猫は死んだけれど、自分は生きている。あの猫の魂が乗り移ったのだろうか。そんな想像をして、少し可笑しくなった。

　口もとが、変な感覚だった。ずっとなかった形になっているようだ。

　ポケットから片手を出して、頬と唇に触れて、確かめた。

　笑っている？

　笑っている人間がここにいる。

　不思議な感覚だった。

　母を思い出したから、その懐かしさでときめいたのだろうか。

　それは、もの凄く馬鹿馬鹿しい発想だと自覚した。そんなポジティヴなものではありえない。心を締めつけるような圧迫だったはず。

　しかし、何だろう？　興奮？　それとも、安堵？

とにかく、すっきりとした気分だった。これはまちがいない。
なにか、食べにいこう。
美味しいものが食べたい、と思った。
そんなことを考えている自分が不思議だった。しかし、違和感などどうだって良い。
今が良ければ、それで良い。生きているのだから、これで良い。良いにきまっている。
とにかく、腹が空いた。
なにか食べなくては……。

第1章　慣れない開幕

画家を理解したければ、その作品を見よ。わたしはつねにそういってきた。ピカソの作品を研究せずにピカソを理解したとはいえない。成功する連続殺人者は、画家がキャンヴァスにどう描くか構想を練るように、行動を計画する。そして、回を重ねるごとに、腕を上げていく。

1

草元朱美（くさもとあけみ）の依頼は、本人からの電話でもメールでもなく、人伝（ひとづ）ての紹介が始まりだった。こういった経路で仕事が来ることは比較的珍しい。ウェブで宣伝をしているので、たいていはメールがまず来る。そのあと、電話で話したり、直接会ったりする、というのが通常のパターンである。今回は、同業者の探偵、鷹知祐一朗（たかちゆういちろう）からのものだった。

同業者なのだから、鷹知が自分でその仕事を引き受ければ良いのだが、それがこちらへ回ってきたのは、なにか事情があってのことだろう、と小川令子（おがわれいこ）は想像した。しかし、その事情を直（じか）に彼に尋（たず）ねるようなことはしなかった。話の流れとして、当然説明があるのが普通なのに、鷹知は仕事を譲る理由について一言も話さなかったのだ。

　こういった機微を感じ取ることができるのは、小川が鷹知と既に長いつき合いであるためだった。といっても、それは仕事上のつき合いという意味で、それ以上のものではない。だからこそ、尋ねないという判断ができたのである。

　電話番号も鷹知から教えてもらったので、すぐに電話をかけた。依頼内容についても、鷹知から大まかなことは聞いていたが、直接話を聞いて判断して、と言われた。何を判断するのかといえば、つまり、依頼を受けるかどうか、あるいは料金のことだろう。最初の電話では、相手が忙しそうだったので、夜にかけ直す約束をした。二回めの電話で詳しい依頼について聞いたが、それほど込み入ったものではなかった。

　福森宏昌（ふくもりひろまさ）という人物について調べてほしい。浮気をしている疑いがある。その相手もだいたいわかっているが、しっかりとした証拠が欲しい、というものだった。

　草元は福森とどんな関係なのか、その説明はなかった。結婚しているわけではない、と聞いただけだ。しかし、「浮気」という言葉を使ったのだから、自分たちの仲は、認められた正当なものであり、それ以外の関係について調査が必要だ、という意味なのだろう。

草元朱美も、福森宏昌も、役者である。両者はともに三十代後半。写真を見たかぎりでは見覚えはないから、有名というわけではなさそうだ。写真も年齢も、ウェブ上で簡単に知ることができた。ただし、本名かどうかは不明。

翌日、事務所で加部谷恵美に、仕事が入ったことを知らせた。小川が代表を務める探偵事務所であり、小川以外には加部谷恵美しかいない。女性二人だけの探偵事務所というのは、珍しいだろう。

「知ってる？」小川は、依頼人の写真をモニタで見せながらきいた。

「まあ、よくある顔ですよね」というのが、加部谷の返答だった。知っているのか知らないのかどちらなんだ、とききたくなったが、小川は小さな溜息をつくだけで留まった。加部谷はさらにこう言った。「鷹知さん、芸能界の仕事が多くて、有名どころの依頼で忙しいんですか？」

「そうかもね」小川は頷く。ただ、忙しいという話は実際には聞いていない。「この俳優さんは？」そうききながら、福森宏昌の写真を見せる。

「うーん、まあ、男前ではありますが、どちらでも良いって感じですね」

「印象をきいてるんじゃないの。知らない？」

「知りません」加部谷は首をふった。「この人が浮気をしているんですか」

「そう」小川は三人めの写真を出して、またモニタを見せた。「この人は？」

「あ、知っています。えっと……、何だったかなぁ」加部谷は顔を傾け、視線を天井へ向けた。「最近、あまり見かけませんねぇ。あ、そうか、テレビがないからだ」

「栂原沙保里」小川は答を教えた。「テレビがないなんて、今どきじゃないの」

「貧乏なんです、私。えっと、ツガハラ？　ツガハラ？　聞いたことないですね。やっぱり、知らなかったのかな」

「かつては、田中沙保里だった」

「あ、そうそう、そうですよ。えっと、美人ですよね。整っているっていうか……。じゃあ、結婚して引退してたんだ、私の知らないうちに」

「そう、こっそりね」小川は微笑む。「私、全然知らなかった。この方面、暗いから」

「ダークですよ、きっと。知りませんけれど。で、えっと、福森さんが、この沙保里さんと浮気しているってことを、えっと、草元さんが主張しているわけですか、ははぁん、まあ、しかたがないでしょう」

「何が？」

「いや、だって、明らかに、沙保里さんの方が可愛いから」

「そういう問題なわけ？　人妻なんだから、やっぱ、アウトでしょう。人のことはいえませんけれど」

「ですよねぇ」

「何、それ……。いいの、いちいちコメントしなくても」

「ですよねぇは、コメントですか？　罪悪感に今も苛まれているんですね、くらい言わないとコメントにはならないのでは？」

「うん、まあ、最近はやっとね、少し笑えるようになった。貴女だって、言われたくないことがあるでしょう？」

「言わないで下さい」

「ほぅらぁ……」小川は微笑んだ。「古傷の触りっこはやめて、えっと、仕事の話」

「芸能関係なら、純ちゃんにきいてみます。なにか知っているかも」

「私は、鷹知さんに、もう少し探りを入れてみる。なにか詳しい情報があるはず」

「そうなんですか？」

「なんというか、仕事をこちらへ振ったのが、曰くありってことだし、教えてくれるんじゃないかなぁ、たぶん。いつどこを張れば良いのかとか、周囲でなにか噂を聞いていないか、とかね」

「うわぁ、結婚相手は、かぁなり歳上ですね」端末を操作していた加部谷が言った。「三十歳くらい離れてません？　結婚して、五年かぁ……、よく続いているなぁ」

「栂原沙保里のこと？」そう言いながら、デスクを回って、小川は加部谷の端末に顔を近づける。

加部谷が腕を伸ばし、小川の目の前にモニタが届いたので、不覚にも後退してしまった。

「あれ、老眼ですか?」加部谷が言った。

モニタに表示されているのは、顎鬚(あごひげ)にメガネの男性である。帽子を被(かぶ)っているが、短くない髪が耳を隠していて、半分以上が白い。鬚が黒いので目立つ。たしかに、五十代か六十代、もしかしたら七十代かもしれない。年齢のわかりにくい風貌(ふうぼう)ではある。加部谷は端末を自分の顔の前まで戻し、また指で操作をする。

「栂原恵吾(けいご)、えっと、五十八歳だそうです」モニタを見ながら加部谷が言った。「もっと上に見えますよね」

「何をしている人?」

「えっと、映画監督、演出家、脚本家、作家……。いろいろですね。ふうん、私は知りませんでした。顔も見たことないですね。田中沙保里は、何歳かなぁ……、えっと、公表されていませんねぇ、でも、私より十も歳上ってことはないから、まだ三十代だと思います。なんで、結婚したんだろう?」

「若い奥さんが欲しかったんじゃない?」

「そっちは、まあ、わからないでもないですけれど、こっちから見ての話ですよ。お金持ちなのかな、うーん、それ以外にありえませんよね?」

「そんなことないでしょう」小川は笑った。「愛し合っているなら、歳の差なんて……」

「いえいえ、結婚は、また別じゃないですか」

「やめましょう。その手の議論は……」小川は自分のデスクに戻った。「とりあえず、少し調べて、明日にでも草元さんに会って、契約の話をします。今から、鷹知さんに会ってくる」

「はい、調べておきます」加部谷が片手を広げてみせた。

2

小川令子は、午後一時半に鷹知祐一朗と会うことができた。都心のビジネス街のビルの一階にあるカフェで、小川が店に入ると、彼は奥のテーブルで一人コーヒーを飲んでいた。四人が掛けられるテーブルだし、食事の食器が片付けられた形跡があった。ここで別の仕事を済ませたあとのようだ。

「草元朱美さんに会いましたか？」鷹知がいきなりきいてきた。

「いいえ、電話でお話ししただけです」対面の椅子に腰掛けながら、小川は答える。「明日、会うことになっています。たぶん、引き受けることになりそう」

「頼んでおいて、厚かましいかもしれませんけれど、比較的簡単な仕事ですよ。相手がはっきりしているのだから」鷹知は軽く苦笑した。「結果は明らかで、写真を撮りさえすれば成立です」

「福森宏昌を調べるというよりも、浮気相手の栂原沙保里さんを張った方が手っ取り早い、という意味ですか？」

「たぶん」鷹知は頷いた。「もちろん、福森さんにさらに別の女がいる可能性も否定できませんけれど、それよりは、沙保里さんに別の男がいる可能性の方がはるかに高いはず。そういう人ですから」

「えっと、別の男って、ご主人のことではなく？」

「もちろん違いますよ」鷹知は笑った。今度は声が出るような笑い方だった。「個人的な印象ですけれど、福森さんは、草元さんとは別れるつもりで、今は沙保里さんにぞっこんでしょうね。ええ、きっとそうだと思います。そういうパターンなんです」

「パターン？　福森さんは、熱くなりやすい人だってことですか？」

「あ、すみません、そうじゃなくて、沙保里さんが、そういう人なんですよ」鷹知は姿勢を変え、脚を組んだ。

店員が近づいてきたので、小川もコーヒーを注文した。ランチは既にコンビニのサンドイッチを近所の公園で食べた。飲みものを買わなかったので、水分補給にはなる。

「どういう人なんですか？」小川は囁くように尋ねた。栂原沙保里のことを、鷹知は知っているようだ。これが、仕事をこちらへ回してきた理由かな、と想像もした。

「そう……、なんというのか、とにかく、女優ですよ、生まれながらの」鷹知は、そこで目を細めた。「普段から、もうドラマの主役なんです。だから、みんな騙されちゃう。何人も、いるんじゃないかな、彼女に捕まった奴が」

「捕まるというのは、具体的にどういう状況なんです？」小川はきいた。

「この界隈の人なら、だいたい知っているんじゃないかな。僕なんかよりも、実際に、えっと、共演者とか、スタッフとか、身近な人にきいたら、わかりますよ」

「結婚しているんですよね。ご主人は著名な方でしょう？　演出家で」

「ええ、まあ、そうですけれど。でも、親子ほど歳が離れているから、勝手にさせているんじゃないでしょうか。離婚されたくないから、黙っているとか」

「離婚されたくない理由は？」

「さあ、それは、知りません。でも、体裁というものがあるでしょう。結婚したときに、とやかく言われたでしょうから」

「わかりました」小川は引き下がることにした。鷹知との関係に興味があったのだが、これ以上深入りしない方が良さそうだ。

テーブルにコーヒーが届く。しばらく、黙ってそれを飲む。席が店の奥なので、表通りの様子は見えない。客は半分ほどの席を埋めている。いずれもビジネス関係のように見えた。

「草元朱美さんは、わりと家柄が良くて、高学歴だし、演劇は趣味でやっているような人です。彼女、福森さんと同棲しているんです」

「それで浮気だって言っているんですね？」

「家が反対していて、本人も迷っているのかもしれません。福森さんの浮気が本物なら、それで別れようってことなんじゃないですか？」

「わざわざ証拠を摑まないといけないことかなぁ」小川は首を傾げた。「いえ、こちらには関係ないことですね。仕事と割り切ってやりましょう」

「そういうことです。感情移入しないこと」鷹知は真剣な目で頷いた。

　鷹知の話では、福森宏昌の方は別れたがっているだろう、とのことだ。浮気ではなく、本気なのか。だったら、草元朱美からすれば、浮気の証拠を押さえなくても、簡単に別れられるはず。したがって、慰謝料でも請求しようという魂胆なのかもしれない。だが、草元は家柄が良い。金に困っている可能性は低いのでは。

　鷹知とは、その後十五分ほど仕事に無関係の話をした。相変わらず忙しいようで、趣味を持ったり、休みにのんびりする暇がない、と溢していた。はっきりとは言わないが、彼は家族を持っているようには見えない。それどころか、長いつき合いになるのに、どこに住んでいるのかも知らない。私生活を匂わすような話題がまったく出ないのだ。こういう男は、仕事では好かれるだろう、特に女性からは、と容易に想像できる。

カフェの前で、彼はタクシーを拾って去っていった。小川は地下鉄の駅まで歩く。

彼女の事務所は、忙しいといった状況になったことはない。細々と食いつないでいる。それでも存続できるのは、小川に仕事を譲った前社長の計らいのおかげだった。ただ、唯一の従業員である加部谷恵美には、充分といえる賃金を払っていない。彼女は以前はスーパのレジのバイトをしていたのだが、それより少し多いくらいの給料なのだ。できれば、正社員として雇用し、金額も上げてやりたいのだが、そもそもこの仕事がいつまで続けられるのか、という心配の方が大きくて、決断ができないでいる。

駅のホームへ降りたとき、別れたばかりの鷹知からメールが届いた。〈大事な話は、次の機会にします。よろしく〉との内容である。

「え？　なによ、大事な話って」と思わず声に出して呟いてしまった。

幸い、近くに人はいなかった。

手に握ったままだった携帯がまた振動した。今度は、加部谷からのメールだった。〈私用で早退します。夜に雨宮純と会うので、そこでいろいろ情報を仕入れます〉とあった。雨宮は、加部谷の大学時代の友人で、現在は芸能ジャーナリストとして活躍している人物である。たぶん、明るいうちから二人で飲んで歌でもうたうつもりなのだろう。加部谷はどちらかというと、根が暗いが、雨宮は対照的に明るい。上手くバランスが取れているように見受けられる。

それに比べて、自分には親しい友人が一人もいない。毎晩一人で音楽を聴くのが楽しみで、そういう時間を愛しているくらいだった。今のままずっと、一生一人で生きていく人生しか想像できない。我ながら、隙がない生き方をしているな、と思い、笑えてくる。電車に乗り込むときに、自分が笑っていないか、と自己点検した。

そういえば、若い頃の苦い思慕と別れを、最近ではそれほど思い出さなくなったな、と思う。思い出しても、軽い。胸が締めつけられるような圧力はもうない。それよりも、つい最近のこと、姿を消した事務所の前社長や、バイトに来ていた若い男子や女子などを思い出して、口もとが緩むことが多い。

自分は不幸から遠ざかったみたいだ、みんなも幸せにやっているだろうか、と考えるばかり。その点、加部谷恵美だけは、大きな不幸を背負っていて、なんとかしてやりたいという親心に近い気持ちがある。できるだけ、世話を焼かないようにしているつもりだったけれど、それは彼女の負担になることが自分でもわかっているからだ。自分も、あの歳のときには、人から助けてもらいたいなんて思わなかった。放っておいてほしい、一人にしておいてほしい、とバリアを張り巡らせていた。あれは、何だったのだろうか。ああすることでしか、痛みを和らげることができない、傷口に触らないでくれ、と頑なに拒んでいた。冷静になって考えてみると、可哀想になるくらい愛おしい。頭を撫でてやりたくなる。これは、歳のせいかもしれないし、反対に自分が軟化して、心の防御が衰えているせいかもしれない。

鷹知の大事な話というのは、何だろうか？

吊り革に摑まっている自分が、窓ガラスに映っている。地下鉄なのに、窓があるのはどうしてなんだろう、とふと思いついた。

3

加部谷恵美は、細かい生活雑貨を各種買ったあと、友人のマンションを訪ねていた。実は、今日ここへ引っ越すことになっていて、既に荷物は届いている、との連絡をもらったので、急遽事務所を早退することにしたのだった。実際に雨宮純からもらったメールの文面は、〈荷物、片づけにこなかんで！〉だった。この場合、「こなかん」というのは、「来なければいけない」という意味の方言である。雨宮は、かつて地方局のアナウンサをしていたこともある。人前では猫を被った声としゃべり方になるのだが、加部谷と二人だけのときは、学生だった頃と変わりない。

正面玄関の暗証番号と部屋のキィカードは、先日、雨宮から受け取っていた。てっきり、彼女が在宅だと思って来たのだが、留守のようだ。留守の部屋に入るのは、もちろん初めてのことである。

部屋を入ったところに、段ボール箱が四つ置かれていた。これが現在の加部谷の持ち物のすべてである。これでも増えた方だ。もともとカバン一つで上京したし、家具として買ったのは、炬燵だけだった。冬にどうしても我慢ができなくなったから、しかたなく買ったのだ。その大事な炬燵は、このまえの日曜日にタクシーを使って、既に運び込んであった。

雨宮が、ここに住んだら、と勧めてくれたのは、一カ月ほどまえのこと。最初は、冗談だと聞き流していたが、再三言われて、考えた。もちろん、場所が良い。仕事場にも近いし、駅も近い。雨宮が使っていない一部屋があって、そこを彼女に提供してくれるという。バスルームは目が潰れてしまうほど綺麗だ。自分の現状の経済力からして、あまりにも贅沢すぎる。友人の厚意に甘えて良いものだろうか、と数日悩んだ。

雨宮純も、このマンションに引っ越したばかりである。仕事が順調なのだ。このまえ書いた本が売れているからなのか、詳しい額などは聞いていないが、東京の都心で、鉄筋コンクリートのマンションを借りられるほどにはセレブになったようだ。

羨ましいかぎりであるけれど、もともと、雨宮と自分を比べるようなことはしない。地が違いすぎる。美人だし、頭は切れるし、度胸は良いし、人当たりも良い。友人としてつき合ってもらえるだけで、感謝しなければならない、と思っているほどだった。

自分の部屋へ段ボール箱を運び入れ、すぐに使うものだけを箱から取り出した。全部出したら散らかってしまう。収納する棚がない。寝るときは、炬燵と毛布で良いだろう。とりあえずすぐに必要なものは炬燵の上に置く。作業はたちまち完了した。

　ドアの音が聞こえた。

「おるかぁ？」雨宮が帰ってきたようだ。

「いまぁす」と大きな声で答えた。

　しばらく待っていると、ドアをノックされ、返事をすると、雨宮が顔を覗かせた。

「何しとるの？」部屋の様子を見ながら、雨宮がきく。

「炬燵に入って、一休み」加部谷は答える。

「箱に入ったままだがね。布団は？」

「ない」加部谷は答える。「炬燵があるから」

「箱、四つしか来んかったけど、別便？　服とかは？」

「これで全部」

　雨宮は、じっと加部谷を見つめた。

「涙が出るわぁ、はぁ……」そこで大きく溜息をついた。「コーヒー淹れたら飲む？」

「うん、飲む」

　雨宮は部屋から出ていった。そういえば、炬燵の上に出したばかりの電気ポットがあった。これでインスタントのコーヒーを飲んでいたのだ。

雨宮は、帰ってきたばかりで、着替えもしたいだろう。その間に、自分がコーヒーくらい淹れられる。そう思って、立ちあがろうとしたのだが、余計なことをしない方が良いかもしれない。大人しく待っていよう、と思い直した。だいたいいつも、こんな感じで積極的になれない現在の心境は、自覚しているところである。

五分ほど経過した頃を見計らって、加部谷は立ち上がり、部屋のドアをそっと開けてみた。キッチンに雨宮がいる。もう着替えたようだ。素早いな、と感心して出ていくことにした。

「そういや、あんた、なんかききたゃことあるって言っとらしたけど、なぁにぃ？」コーヒーメーカをセットしながら、雨宮が言った。

「えっとね、内緒にしといてね。調べたいのは、福森宏昌っていう人、俳優の」

「うーん、知らんなぁ」彼女はお湯を注いでいるところで、こちらを見ない。首もふらなかった。「テレビ出とる人？」

加部谷は端末に写真を出して、雨宮の顔の前まで腕を伸ばした。

「見たことあるかも。でも、誰だったか思い出せん、その程度」

「それじゃあ、草元朱美は？」加部谷は名前を挙げる。今回の依頼人である。

「ああ、知っとるよ。会ったことあるし、話したこともある」雨宮は素気なく答えた。お湯を注ぎ終わって、ようやく加部谷の方を向いた。「中堅の舞台女優。うーん、たしか、都内のホテルを幾つか持っとらっせる人が、お祖父さんか、お父さんか、そのどちらもかで、そんな金持ちの一族の娘」

「ふうん。そんなお金持ちのお嬢様なんだ」

「そちら方面で有名なだけで、女優としては、ちょい役ばかりだわな。まあ、主役を張れるようなキャラじゃないでね、こればっかしは、女は辛いよ」

「そうかなぁ。けっこう美形なんじゃない？　お化粧が上手いの？」

「いやいや、この程度では勝ち上がれませんわよ、この世界は」

「そうなんだぁ。良かったぁ、女優にならなくて」加部谷は溜息をつく。

「ふふん、慎ましく面白いぞ」雨宮は鼻から息を漏らす。「あ、そうかぁ。わかったわかった、思い出したがや。さっきの人、えっとぉ……」

「福森宏昌」加部谷は言った。

「そういう名前なんだ。その人、お芝居でな、草元朱美さんの相手役だった。だから、インタビューしたときに、すぐ近くにいて、にやにやしとらしたわさ。気持ち悪い男って思ったけどが、我慢したの。そういうことは、よう覚えとるんだわさ」

「へえ。聞くところによれば、二人は同棲しているそうだよ」

「おやま、そうなのぉ？　それは聞いてない。ふうん、まあ、どっちでもええけどが」

「何のインタビューだったの？」

「何だったかなぁ、こちらから申し込んだんじゃなくて、呼ばれていったんだが。向こうがインタビューしてもらいたかっただけ。金を出したのも向こう。ようするに、宣伝だわさ。まあ、だいたいが、そんなんばっかしだがね、いやんなってまう」

「いつの話?」

「うーん、一年は経っとらんかなぁ。調べれば、わかるけれど」

「仲が良さそうだった? どちらが、積極的だと思う?」

「積極的? どういう意味だ、それは。そんなもん、わかるわけねゃがね。相手は役者なんだでよ、人前ではどんなふうにも演じらっせるわさ。そんなもん、お手のもんだぎゃ」

「だよねぇ。どちらが、異性にもてそう?」

「そりゃぁ、その男の方でしょ、やっぱ」

「なるほどなるほど」加部谷は頷く。メモを取りたくなってきた。

「ほんでさ、君は、何を調べたいわけ?」雨宮が尋ねる。

「うん、あの、調べたいという気持ちはないの。でも、仕事だから、調べないといけない状況というか」

「また、そうやって理屈ではぐらかす」雨宮はカップにコーヒーを注ぎ入れた。「そういうのって、あいつの影響だよなぁ」

「ああ、そうね……」加部谷は早めに頷いた。「どうだっていいけれど」

「どうだっていいけれど」雨宮が粘着した声で繰り返す。「まあ、しっかし、因果な商売だわなぁ、人の浮気を調べて、写真とか撮るんだろ？」

「芸能レポータだって、同じことしてない？」

「しとるよ。ほんでもさ、それは知りたい人たちがぎょうさんおるから」

「浮気調査だって、知りたいお客さんがいる、一人だけれど」

「いやいや、興味本位で知りたいっていうのは、無邪気で憎めんけれどな、探偵に依頼するってのは、ようするに金だがね。探偵に払う金よりもっと大金が転がり込むってことでしょ？　ほりゃあ、汚いというか、いやらしいというか。そういう悪徳の片棒を担いどることに対して、一言なにかありませんか？」

「ありません」カップを受け取り、それに口をつけた。良い香りがした。「ああ、美味しいコーヒーだぁ。これから、毎日、家で飲めるんだぁ」

「飲めるわさ、コーヒーメーカと豆があればな。いちいち貧乏くさいこと言わんと」

「ごめんごめん。はあぁ、でも、あの、感謝しています、本当に」加部谷はカップを近くのテーブルに置き、頭を少し下げた。姿勢が悪く、それほど下がらなかったが。「純ちゃんのおかげで、私は立ち直るの」

「まんだ、立ち直っとらんわけ？」

「うん、もう少し……。立ち直ったら、絶対にお返ししますから」

「まずは、経済的な努力をせんといかんわね。東京で生活するのは、えっらい疲れるでね。うん、実家に戻る手はないの？」

「ちょっと、戻れないんだな、これが。考えるだけで辛ぃ」

「それは、そんだけプライドがあるからだがね。恥ずかしいけどが、思い切って帰ってみやぁせ？　ご両親、絶対喜ぶって」

「喜ぶのはわかっているけれど、そのあとがねぇ、いろいろ言われるだろうし、親戚とか近所とかの目もあるし、死にたくなると思う」

「いやいや、無理にとは言わんけども。うん、まあ、しばらく、ここでな、楽しく暮らそうぜ」

「ありがとう」熱いコーヒーを喉に通すと、泣きそうになったが、無理に笑って誤魔化した。

「草元朱美だったら、もうちょい詳しい人を知っとるから、紹介したげる」

「うーん、優しい」

「捨て猫とか、絶対保護するでな、俺はさ」

「それは、ちょっと引っかかる」

「よしよし」雨宮の手が伸びて、加部谷は頭を撫でられた。

4

翌日の午前十一時に、小川令子は、依頼人である草元朱美に初めて会った。この種の仕事では珍しい時間だが、約束のホテルのロビィに現れた草元は、服装も化粧も髪も、また仕草も微妙に乱れていて、五十代に見えるほど疲れた様子だった。アルコール臭いし、目が充血している。本人も、それをまず謝った。これから寝て、夕方からまた仕事だ、と大変そうに話した。表情の変化が大きく、いかにも演技をしているように見えた。舞台での演技だから、大袈裟になるのかもしれない。

電話で話したことを、小川は確認した。草元は、福森宏昌のことを「夫」と言った。その彼が浮気をしているのは、ほぼ明らかで、相手は栂原沙保里である。こちらは、「ほぼ確実」という表現だった。

現在、この近くの劇場で上演予定の芝居の稽古をしているが、この芝居の脚本、演出が、栂原恵吾によるもので、沙保里は彼の妻である。沙保里は、芝居に出演しているわけではないのに、頻繁に稽古場に姿を見せる、と草元は語った。福森と視線を交わしていて、恥ずかしいくらいだ、という。

「栂原恵吾さんに、その件で直接ご相談になったことは？」小川は尋ねた。

「いいえ」草元は震えるように首をふった。「そんなこと、とても……」
言葉はそこで途切れたが、できないものだろうか、と小川は思う。自分なら、我慢するよりも、まず話し合う方を選ぶだろう。黙っていれば、今の関係を許していることに等しく、そこまで追い込んで、結局は代償を大きくしよう、と企んでいるように見られてしまう。客観的に見れば、そういえても、しかし当事者であれば、無理かな、とも考えた。今の自分の立場が、恐ろしいほど客観視できる高さであるのは、はたして良いことだろうか、とも疑った。

結局、十分ほどで話は終わってしまった。新たに聞き出せたのは、具体的な場所や、だいたいのタイムスケジュールくらいだった。契約の話も、概略は説明ができた。詳しい内容はメールで送ることを約束した。そのメールに応えてもらえば、仮契約が成立することになる。最短で明日にはそれが完了し、明後日から調査を始める。まず、一週間ほどで最初のレポートをすることなども打ち合わせた。

「一週間もあれば、証拠が押さえられるはず」草元は言った。「写真が撮れたら、それで、私としては目的達成だから、短期決戦ってことになるわね。一週間で終了した場合、おいくらくらいになるんですか？」

「それは、どれくらい経費がかかるかによります」小川は応える。

「だいたいで良いの」

「そうですね、一般的には、数十万円の範囲です」

「わかりました。よろしくお願いします。あの、誰にも話さないで下さいね」

「あ、もちろんです」小川は頷く。

しかし、既に広く知れ渡っているのではないか。鷹知もそんな雰囲気を匂わせていた。そもそも、相手が誰なのかほぼ確実だ、という部分がそうだ。普通ならば、妻にだけは知られないように、と気を遣うはず。その妻が気づいているくらいだから、周囲はもっと目撃したりしているのだろう。草元が知ったのも、誰かから聞いた可能性がある。

このほか、加部谷恵美が、雨宮純に紹介された芸能レポータとメール交換をしているが、福森宏昌と栂原沙保里の関係については、その程度のものはニュースにもならない、と言われたらしい。栂原沙保里については、以前から複数の男性と関係を持っていて、しかもつぎつぎと相手を替える。その中には、福森など比べものにならない大物がいる。つまり、福森は雑魚(ざこ)だという話だったらしい。

小川は、事務所へ戻って書類の用意をしようと考えたが、鷹知からメールが届き、夕方に時間がありませんか、ときいてきた。ホテルを出て、繁華街の歩道を歩いていたときだ。周囲に大勢が行き交っているなか、電話をかけることにする。鷹知はすぐに出てくれた。

「小川です。何時くらいですか？」

「えっと、今、事務所ですか？」

「いいえ。新宿駅に向かって歩いているところ。たった今、草元朱美さんに会ってきました」

「ああ、じゃあ、そちらへ行きますよ。一時間くらいかかるけれど、大丈夫ですか？」

「わかりました。ええ、それじゃあ、この辺りでぶらぶらしています」

「じゃあ、よろしく……」

事務所へ戻って、またここへ出てきても一時間は必要なので、電話で答えたとおり、ぶらぶらするしかない。デパートでも行くか、と考える。とりあえず、加部谷に電話をかけた。

「あのね、もう終わったんだけれど、鷹知さんとまた会うことになって、そちらへ戻るのは、四時以降になると思う。えっと、草元さんとの契約はメールですることになったから」

「その書類を作っておけば良いのですね？」

「できる？　いつものと同じで、特別なことはなにもないから」

「大丈夫です」

「じゃあ、お願いします。今から、時間潰しで買い物をするけれど、なにか買ってきてほしいものある？」

「うーん、枕が欲しいんですけれど」

「まくらぁ？　そんなの自分で買いなさいよ。わからないじゃない、好みとかあるでしょう」

「ありません。枕なら、なんでもOKです。クッションでも可です。できるだけ、安物で……。えっと、そうですね、千円以上は出せません。あと、パジャマの上下を。これも、できるだけ安いので」

「恥ずかしいな、そんなの買うの」

「娘が修学旅行に行くからっていう顔で買えば、怪しまれませんよ」

「まさか、事務所に泊まるつもりじゃないでしょうね？」

「違います。引越しをしたんです」

「え？　いつ？」

「昨日です。事務所に近くなりました」

「そうなのぉ。突然だね……。わかった。じゃあ、引越し祝いで、プレゼントしてあげましょう」

「そうですか！　わぁい。だったら、そんなに安くなくてもかまいません」

「はいはい。買うまえに写真を送るかもしれないから、チェックするように」

「了解しましたぁ！」

デパートで、クッションとパジャマを購入。買うまえに写真を撮って送ろうとしたのだが、考えてみたら、プレゼントなのだから、多少のサプライズがあった方が良いだろう。気に入らなかったら、自分で買い直せば良い。しかし、プレゼントだとしたら、もっと高価なものを贈ったのに、とも考えた。引越し手当を出そうか、などとも思いつく。そういうものを、これまで考えたことがなかった。

時間潰しだった時間は、潰すには少なすぎた。あっという間に、鷹知との約束の時間が迫った。急いで、自分の化粧品を見ようと思ってエスカレータに乗ったとき、鷹知から電話がかかってきて、駅の近くのカフェへ向かうことになった。

「昨日、話せなかったことなんです」テーブルに着き、注文の店員が去ると、鷹知はその言葉で始めた。「実は、一年くらいまえに、椙原恵吾さんの依頼で仕事をしたんです。守秘義務で黙っていました。それに僕が今回の仕事を受けなかった理由も、それがあったからです」彼は、そこで溜息をつく。「まあ、つまり、椙原夫人、沙保里さんのことを調べてほしいという依頼でした。彼女が若い男と浮気をしているのを、椙原氏は以前からご存知のようでした。この頃、あまりに酷い様子だというので、いざというときのために、材料を揃えておこう、というおつもりだったのだと思います」

「では、福森宏昌さんとの関係も?」

「いえ、その当時には、まだそれはなかったと思います。福森さんとは、最近のことでしょう。うーん、たぶん半年くらいまえかと。僕が調べたときには、少なくとも四人の相手が判明しました。三人は、芸能関係ですし、一人はテレビ局の社員でした。いずれも二十代で、沙保里さんよりも十も若かった」

「ご主人とは対照的といえますね」小川は顔を顰(しか)めた。「若い子が好きなら、どうして栂原さんと結婚なんてしたんでしょう？　お金が理由ですか？」

「お金か立場か。それ以外にはちょっと考えにくい状況ですね。年寄りから金をもらって、若い男に貢ぐというわけです。社会の金の流れと逆ですから、その意味では悪くありません。年寄りが、若者を支えているわけですから」

　鷹知の変なジョークで和(なご)んだところへ、コーヒーが二つ届いた。自分が、加部谷恵美にプレゼントするのも、同じベクトルだな、と小川は考えた。たしかに、悪い方向性ではない。

　コーヒーを一口飲んで、時計を見た。ちょうど三時で、自分だけだったら、ケーキでも食べたかもしれない。それから、鷹知の顔を見る。目が合って、彼は無言で微笑んだ。過去に栂原恵吾の仕事をした話だけならば、昨日黙っていたのも理解できる。普通の判断だろう。では、今日になって、何故話そうと思い直したのだろうか。そこに気づいたから、こちらから尋ねた方が良いかしら、と迷う。

「それだけではありませんよね？」とまず探りを入れてみた。問われた方が、鷹知も話しやすいだろう。

「ええ、少々、複雑なんです。その……、沙保里さんを調べていた頃に、刑事が会いにきました。僕が栂原さんの依頼で動いていることを、どこで知ったのか、と不思議に思いましたが、おそらく、栂原さんをずっとマークしていたのだと思います。彼のところに出入りしたのを見られたわけです」

「何の話だったんですか？」小川はカップを置いて、姿勢を正した。警察が出てくるというのは、やっかいな事情が絡んでいる証拠である。

「うーん、そのときは、はっきりとは言いませんでしたけれど、栂原さんのまえの奥様が事件で亡くなっているのだそうです」

「え？　事件って……」

「殺人事件です。別荘の近くだったみたいですが、襲われて、持っていたバッグを取られたそうです。刺されて、その場に倒れた。直後には息があったようですけれど、冬で氷点下の気温だったので、発見された翌朝には亡くなっていた」

「いつの話ですか？」

「十二年まえですね。刑事からその話を聞いたときは、十一年まえだと言ったので。そのあと、古い新聞を調べにいきましたよ」

「殺人犯は、捕まっていないのですか？」

「ええ、未解決のままです。それで、探偵に何を依頼したのか、興味があったというわけです。単なる浮気調査ですよ、とだけ話しました。本来なら、すべて内緒にすべきですが、殺人事件となると、ね、別格というか……」

「もしかして、妻殺しで、栂原さんが疑われているということですか？」

「それ以外にないと思います」鷹知は簡単に頷いた。「十年以上経過しているのに、刑事が周辺を探っているわけです。なにか、新しい証拠か証言でも出たのかもしれませんけれどね。ただ、栂原さんには、アリバイがあったそうです。その事件のあった時刻には、北海道にいて、舞台の打上げのあと、ファンとの親睦会のパーティだったそうです。だから、本人が実行犯ではない、というわけです」

「では、誰かに、奥様を殺させたということですね」

「夫人は、ちょっとした資産を持っていたそうです。その別荘も彼女が所有していました。つまり、栂原さんには、遺産が入った。現に、その別荘はすぐに売却になったとか」

「だけど、そんなショッキングなことがある場所には、行きたくないでしょう」

「警察は、そういう具合には考えないわけです。あと、うーん、これはあまり参考にはなりませんけれど……」鷹知は、数秒間ほど沈黙した。話す内容を頭の中でまとめているのだろう。「もう一件、未解決の事件があるそうでして、そちらは、詳しい話は聞いていませんけれど、若い女性が襲われて、持ち物を奪われたんです。さきほどの事件より二年くらいあとだそうです。場所も違うし、もちろん、栂原さんとはなんの関係もないのですが、その刑事に言わせると、共通点がある。それは、雪が降り積もっていたこと、それから、被害者が流血していたこと。これは、ちょっと不思議なんですが、頭を殴られて、たぶんその一撃で気を失ったはずなのに、倒れたあとナイフで胸を刺されたと推定されたそうです。死後かもしれない。だから、流血は少量だった。それから、箒(ほうき)かなにかで、死体の周辺の足跡を消した形跡があった」

「足跡を残さないように工作したわけですね？」

「それが、違うんです。綺麗に整えたのは、死体の周辺だけだった。それ以外の、少し離れたところには、沢山の足跡が残っていて、むしろ周囲を歩き回ったようだったと。どうして、そんなふうになったのか、わからないと話していました。その事件は、管轄も違うし、その刑事さんの担当ではなかったのに、被害者の写真の感じが、自分の事件の現場写真と酷似(こくじ)していると感じて、情報を取り寄せたと話していました」

「場所は、どこですか？」

「夫人が殺されたのは、長野(ながの)県の別荘。二つめの事件は茨城(いばらき)県です。その茨城の被害者は、駆け出しの女優でした。栂原恵吾と接点はなかったそうですが、同業ではありますね。いずれも、物取りとして捜査されたんですが、未解決。もしかして、物取りが動機ではない可能性もある、と聞きました。というのは、奪われた物品が、どこにも出てきていない。売られた形跡がないからだそうです」

「足跡を消すために箒を現場に持っていったのですか？　近くにあったのですか？」

「それ、僕も尋ねました。箒は見つかっていないし、近くにあったはずはない、という状況でした」

「不思議ですね」

「それだけじゃないんですよ」鷹知は、コーヒーを飲み、一呼吸置いた。「あと、似た事件がほかに二つあるらしい、と最近になってわかってきました。まったく関係がないと思われていた事件が、その箒でつながったんです」

「箒で？　その二つも、箒で掃除をしたんですか？」

「雪が積もっている場所で、足跡を消した。殺されていたのは、若い女性で、殺し方はまったく同じではないのですが、一方は刺殺、もう一方は絞殺だそうです。ただ、絞殺の方も刃物による流血があったそうです。しかも、この二つでは、奪われたものがありませんでした」

「えぇ？　わけがわかんない」小川は声を上げた。「箒連続殺人犯と呼ばれているのでは？」

「いえ、呼び名は聞いていません」鷹知は首をふる。「その名前は、ちょっと……」

「でも、その最初の、椙原夫人が殺された事件は、違いますよね。箒は使われていなかったのでしょう？」

「ええ、そうです。しかし、発見されたのが翌朝で、夜の間も雪が降り続いていたんだそうです。あるいは、足跡を消した跡が、雪で消された可能性があります」

「へえ、なるほど、複雑ですねぇ」小川は少し笑いそうになった。「どちらにしても、あとの三つの事件は、栂原さんとは結びつかないのでは？」

「そうでもないんですよ」そこで、鷹知は身を乗り出し、小川に顔を近づけた。そして、囁くような声で続けた。「これも、証拠にもならない話なんですが、栂原さんが監督をした映画に、この雪の上に倒れて血を流す美女が出てくるんです」

「それはまた……、あまりにも、なんというのか、ずばりすぎません？」

「もちろん、箒は出てきませんよ」鷹知は片手を広げた。ここまでだ、という意味だろうか。

「うーん、難しいところですね。栂原さんがもし、箒殺人の犯人だとしたら、自分の映画で、同じシーンは使わないのでは？」

「さあ、それはなんともいえません」鷹知は首をふった。

5

「面白くなってきたじゃないですか」加部谷が勢いのある声で言った。

事務所に帰って、鷹知から聞いた話を小川が話したからだ。

「面白がっちゃいけないと思う」小川は、デスクで首をふった。「ああ、でも、まあ、退屈な仕事に対して、多少のモチベーションは持てそう?」

「それって、同じこと言っていませんか?」加部谷は笑った。「そうか、箒かぁ、地味ですよね。なかなかないシチュエーション。理由は一つしかありません」

「どんな理由?」

「犯人は、写真を撮ったんです。そのときに、被害者と自分がつけた足跡が邪魔だった。綺麗にした範囲だけを撮影した。ベストショットを求めて、周囲を歩き回ったから、沢山足跡が残っているわけですよ」

「どうして写真が必要なの? 公開できるわけないし。自分のためだけだったら、足跡があっても問題ないでしょう? 箒で雪を整えるのに時間がかかるし。殺人を犯した人間としては、早く現場を立ち去ることが優先されると思う」

「そういう常識が通用しない犯人像ってわけです。むしろ、写真を撮りたかったから殺したのかもしれません。いうなれば、これは……、雪上、流血、美女、連続殺人」

「長いよ、命名が」

「連続殺人の前は、六文字ですよ、長くないと思います」

「写真を撮るためだったら、なにも本当に殺さなくても、モデルさんを雇って、いくらでもできるでしょう？　特に、栂原さんだったら、映画だって撮れるわけだから……」

「いえ、それを言うなら、映画やドラマやゲームで、いくらでも殺人体験ができるのに、人を殺す人が現にいるわけですから」

「うーん、まぁ、それはいいとして、どうして、急にパジャマなの？　引越しで古いのを処分したの？」

「急に、話を変えないで下さい。今までパジャマがなかったんです」

「え？　じゃあ、何を着て寝ていたの？」

「いえ、Tシャツとかジャージとかで」

「あ、そう……。それじゃあ、どうして急に必要になったの？」

「それは、そのぉ、まあ、人に見られるからです。少しは気をつけようと思って」

「誰に見られるの？　パジャマで外を歩いちゃ駄目だよ」

「そういう趣味はありません。違うんです、同居人がいるから……」

「まあ！」

声を上げたところで、電話がかかってきた。小川は急いでデスクに戻った。

「はい、小川です」かけてきたのは、鷹知だった。

「小川さん、申し訳ない。あの、さっき話した刑事さんなんですが、小川さんに直接会って話がしたいというんだけれど……」彼は言った。

「どうして、私に？」小川は尋ねた。

「ホテルで、小川さんが草元朱美さんに会ったところ、見ていたらしい。あのホテルに、栂原さんが出入りしていたらしくて、その関係で張っていたとか。それに、以前に僕と草元さんが話をしていたのも知っているらしく、小川さんの写真を見せて、知らないかって……」

「知っているって、言っちゃったわけですね？」

「嘘は言えないから。刑事さん、今は草元さんにも関心があるみたいです」

「どうして？」

「さあ、それはわからない。栂原さんが演出をしている芝居に出演しているからかな。それとも、夫人が関係を持っている福森さんと同棲している人だからか……。どうですか？　会ってみますか？　悪い人じゃありません。将来のコネクションにもなると思います」

「ええ、もちろん、会うのは問題ありません。だけど、依頼のことは話せません」

「この人は同業者だって話をしたら、興味を持ったみたいで」

「何の興味ですか？　変な意味じゃないでしょうね？」

「いや、信頼できる人だから、その点は大丈夫です」

「何の点？」小川は吹き出した。「ええ、とにかく、会うのは問題ありません」

「今、事務所ですか？」

「ええ、そうですけれど」

「電話番号を教えて良いですか？　え？　ああ、はい。今から事務所へ行っても良いかって言っています」

「そこにいるんですか？」

「あ、いえ、別の電話です。そちらの近くに、いるみたいです」

「じゃあ、駅まで出ます。電話番号を教えてあげて下さい」

「ウェブに出ていますからね」

「そうです。プライベートの電話は別にありますから」

電話を切って、時計を見た。四時半だった。最寄りの駅まで刑事が来るのに二十分だそうだ。こちらは、歩いていくのに十分くらい。

「刑事に会うことになった」小川は、加部谷に言った。

「プライベートの電話を持っているんですか？」

「持っていない。嘘だよ。それより、明日の契約書、できてる？」

「あ、はい、できています」

「じゃあ、戻ってきてから確認する」

「私、五時に退社したいんですけれど」

「メールで送っておいて、帰宅して確認して、直す部分はメールするから」

「わかりました」

支度をして、急いで事務所を出た。コートとマフラが必要だが、風はほとんどなく、それほど寒くはないはずだ。

嘘で見栄を張ったのは、鷹知に対する感情のせいだろうか、と自覚した。いや、そうではない。ジョークのつもりだったのだ、自分に言い訳をする。

路地を歩いているうちに、細かいものがちらついているのに気づいた。立ち止まって、空を見上げる。今夜から明日にかけて雨が降るかもしれない、との天気予報だったはず。雪になるのだろうか。もちろん、それほど低温というわけではないし、降っても大したことはないだろう。

駅前の大通りの横断歩道を渡っているときに電話がかかってきた。刑事からである。簡単な内容で、改札の出口で待ち合わせることになった。

改札の前で待っていると、五分ほどして、出てきた男性の一人と目が合った。軽く手を上げると、向こうも片手を広げた。刑事の牛田である。長身でメガネをかけている。これまで小川が会ったことのあるどの刑事よりも好印象だった。老人で角刈りで柔道タイプの風貌といった集合に含まれないようだ。

「これはこれは」と思わず呟いてしまった。

「小川さんですね、無理を言って申し訳ありません」近づいてきて、牛田が言った。低い響くような声である。

「いえ、とんでもない。よろしくお願いします」小川は社交モードでお辞儀をした。

彼は、辺りを見回した。小川はその横顔を見ていた。メガネを通さない目は、やはり普通ではない。この職業特有の鋭さがあった。

「あそこで、話しましょうか」刑事が指を差した先を見ると、待合いスペースでプラスティックのシートが並んでいる。

二人はそちらへ歩いた。並んだ席が空いている。駅を利用する人々は、この時間は慌(あわ)ただしく歩いていて、待合せをするには少し時間帯が早いのかもしれない。カフェにでも入ると予想していたので、すぐ横のシートに並んで座って接近する、この展開は意外だった。

「栂原恵吾氏について調べています。夫人の事件から十二年になります。担当者が定年退職して、私が引き継いだのは三年まえのことです。当面の仕事がないときに、ときどき動いている程度なんですが、いろいろあった沢山の可能性を消していくと、どうしても、栂原氏に行きついてしまう、と感じています」

「でも、アリバイがあると聞きました」小川は言った。「鷹知さんからの話ですが」

「ええ、つまり、実行犯ではない、ということですね」

「実行犯の容疑者は？」

「まったくわかっていません。プロかもしれません。つまり、反社会的な……、ただ、そうなると、金が動いたはずです。当時、栂原氏は、経済的にかなり苦しい状況にありました。多額の隠し金があったのかもしれませんが、可能性は低い。また、その後、亡くなった夫人の遺産を相続してはいますが、それらが大きく動いた様子も見受けられない」

「新しい奥様と結婚されましたね。沙保里さんは、栂原さんの資産が目当てだったという話も耳にしましたけれど」

「いえ、そんなでもありませんよ。映画も芝居も大きな黒字にはならないでしょう。むしろ著作で食いつないでいる状況だと思います。まえの夫人の遺産は、だいぶ目減りしているはずです。鷹知さんから聞きましたが、沙保里夫人について調べられるそうですね」

「いえ、まだ契約をしていません。これからです」小川は答える。「それに、栂原夫人ではなくて……」

「福森宏昌氏ですね。ええ、でも、調べる先は、沙保里さんですよ。写真を撮るのですか？　それとも、盗聴ですか？」

「あのぉ……、あまり、その、詳しくは申し上げられません」

「ええ、もちろん理解しています」

「私に会いにいらっしゃった目的は、何でしょうか？」小川は単刀直入に尋ねることにした。

「情報交換をしましょう、ということです」穏やかな口調で牛田が言った。そして、ポケットに手を入れて、なにか取り出し、小川の前に差し出した。

写真だった。写っているのは男女で、女性は栂原沙保里に似ている。男性の方は、サングラスをかけていて、誰なのかわからない。しかし、福森宏昌だといわれれば、そうなのかもしれない。望遠で狙った写真だが、ピントも合い、鮮明だ。大きなガラスドアから外に出たところのようだった。

「差し上げます」牛田は言った。「場所は、新宿のホテルです。裏に書いておきました。だいたいこの近辺で会っているみたいです」

「ありがとうございます。ここを張り込めってことですね？」小川は笑顔を作った。「あの、交換とおっしゃいましたけれど……、私には、何を期待されているのでしょうか？」

「栂原沙保里さんに関する情報です。福森さん以外にも、会った人物を確認したい。警察は、栂原恵吾さん以外にまで、なかなか手が回りません。ご協力をお願いしたいのです」

「でも、それは……」契約したわけでもないのに、そんなことはできない、と言いたかったのだが、どう表現しようか、と迷った。

「いえ、そちらの調査の範囲内で、なにか栂原氏や夫人に関係があること、なんでもけっこうですから、教えていただきたい。栂原氏が、過去の事件のことを周囲にどんなふうに話しているのか、親しい人間、危ない仕事をさせられるような人脈がどこかにありそうか、といった、まあ、もろもろのことですけれど……。人が一人殺されています。お聞きになったかもしれませんが、実は一人ではない可能性もあります。是非、これらの事件を解決したい、殺人者を野放しにはしておけません」

なんか、真っ当すぎるというか、ドラマのようなお決まりの台詞(せりふ)を聞いてしまったな、と小川は思った。加部谷に話したら、絶対に受けるだろう。

6

加部谷恵美と雨宮純は、久しぶりに二人でレストランのテーブルに着いていた。高級というわけでもないものの、大衆レストランではない。そこそこの店である。当然ながら、雨宮が誘った店で、加部谷の引越し祝いをしよう、という提案だった。雨宮が全額負担という確認をして、加部谷はしかたなく承諾した。自分はそんな贅沢ができない身だし、友人に負担をかけるのも気が引ける。ただ、美味しいものを食べたいという欲求は、禁欲生活によって大きく育まれていた。

「でさ、なんか新しい情報あった?」雨宮がきいた。

彼女に紹介してもらった芸能レポータからは、これといった重要な情報は聞けなかった。なんというのか、業界の噂話のレベルであり、個人のイメージの域を出ない。実際に目撃したとか、トラブルがあった、といった話ではなかった。こんな曖昧なもので記事が書けるのか、と不思議に思ったが、椙原沙保里については、週刊誌の記事にはこれまで一度もなっていないという。その理由を尋ねたところ、「沙保里に人気がない」と簡単に返された。つまり、ニュース性に必要な注目度を、この女優は既に喪失しているということなのだろう。

「この頃、テレビに出んからな」雨宮が補足した。「週刊誌を買うような年代には、そろそろ忘れられてるってことだわさ。事務所が売り込もうとしてぇへんの。きっとな、本人も、女優で一旗揚げようって気なんてないわけだ」雨宮は片手を大袈裟に振った。「まあ、逆に、好き勝手できる。結婚もして、生活も安定しとる。もう欲望の赴くままってやつだがね」

「みんなから酷い言われ方しているのって、ちょっと可哀想じゃやない?」加部谷は言った。「周りのことを気にしない人なんだね」

「演技力とか、どうなのか知らんけど、見た目はまあまあいける感じだし、真面目に仕事しとれば、まんだもう少しくりゃあ、それなりになれたんちゃうかな」

「そういうのって、見定められるもの？」

「ん？　まあね」雨宮は頷いた。「若いときは、誰でも使えるわけさ。そういうのが集まってくる業界だでな。問題は、三十を超えたくらいか、四十に近づいた頃だわさ。そのあたりで、第一コーナだ。ここを上手く、きゅっと曲がれるかどうか」

「ほう……」加部谷は口を窄めた。「きゅっとかぁ」

小川が鷹知から聞いた話や、ついさきほどメールで伝えてきた刑事と会った話で、過去の事件も含めた梅原恵吾関係の情報などは、もう雨宮に伝えてしまった。彼女は口が固いので、信頼できるからだ。

こうして二人だけのときの雨宮純は、仕事をするときの彼女とはまったく別人である。人前では猫を被り、完全なぶりっ子で、声優のような異次元の声でしゃべる。そのギャップが、彼女の魅力でもあるのだが、それを知っているのは加部谷だけだ。

「その雪と血の美女死体だっけ？　それは、けっこう話題性あるかもな」雨宮が話を変えた。皿の上の肉料理を平らげたところだった。「噂じゃなくて、本当だとしたら」

「雪上流血美女連続殺人」加部谷はゆっくりと言った。彼女は、まだメインの半分ほどしか食べていない。「でしょう？　写真を撮ったっていうのも、凄くない？」

「いや、そこは君の単なる想像でしょ。違う理由があったかも」

「いいえ、絶対そうだってば。私、その気持ちがわかる。そういうのって、なんていうのかな、脳裏に焼きついてるものなんだよね。もう、そのイメージで頭いっぱい、虜になっている感じ。逃れられないの」

「ほう、で、そのイメージを再現するために、何度も人を殺すんか？」

「そうだよ。それを再現することでしか、満足できないわけ」

「もっとさ、殺して死んでいくところが見たいとか、皮を剝いで、それを身につけたいとか、その手の異常者の話ならあるけどが、それに比べたら、あまりにも質素というか、奥ゆかしいというか、控えめすぎん？ 雪と血だけなん？ 何度も繰り返すうちに、エスカレートするもんじゃゃん、だいたいがよ」

「だからぁ、これからエスカレートするかもよ」加部谷は言う。「もっと大雪でなきゃ、もっと大量出血でなきゃって具合に」

「バーゲンみたいだな、それ」雨宮が笑った。

「バーゲン？ ああ、出血が？」

「そうそう、大赤字って」

「最初の殺人は、雪が積もって全部隠れちゃった。だから、殺人犯だけが目に焼きつけたんだよね。それを、みんなにも見せたい、もっと広く知ってほしい、という承認欲求？ そういうのがあって、繰り返すの」

「そのうち、映像がどこかにアップされるかもしれんな」雨宮が指摘する。「この頃、そういうのあるでしょ」

「そこまでするような馬鹿じゃないとは、思うけれどね。なにしろ、長い間、捕まっていないわけだから。うん、馬鹿じゃないよ」

「それで、あんたの仕事は？　具体的に何をするわけ？」

「それは……、張り込んで、写真を撮るだけ。この時期は寒いから大変。地道な活動、略して、ジミカツ」

「まんまじゃん。そんで、草元さんは、その彼氏と別れて、慰謝料を請求しようって腹積り？　正式に結婚しとらんのに？　彼女の方がお金持っとらっせるのに？」

「そういう事情は、関知しません」

「殺人事件には首を突っ込みたいのに？　それって、あんた、トラウマというか、違うか、逆トラウマちゃう？」

「逆トラウマって何？　ああ……、嫌なものをあえて再現したくなるってこと？　だったら、雪上流血美女と同じかも」

「まあ、ええわ、どうでも」

次の皿を、店員が運んできたので、話が中断した。

「もう、お腹いっぱいになった、純ちゃん、ありがとう、こんなの久しぶり」

「本当は、家庭料理を振る舞ってやりたいところだけれど」

「え、料理できるの？」

「できんからさ」雨宮は首をふった。「あんたは？」

加部谷はぶるぶると首をふった。

「作る相手がおらんからのう、腕の衰えに拍車がかかるわな」雨宮が溜息をつく。「いや、そういう方向の話はいかんな。やめやめ」

「小川さんは、料理できると思う。あ、彼女を呼んで、三人でパーティをしない？　自分たちで作れば、お金がかからないでしょう？　餃子（ギョーザ）だったら、できると思う」

そこで、加部谷の電話が鳴った。彼女はすぐにそれに出る。噂をすれば影というか、小川令子からだった。

「はい、何ですか？」

「彼氏とお食事？」

「え？」加部谷は、目の前の雨宮を見た。「ええ、まあ……、そんなところですけれど」

「よろしくお伝え下さいね。べつにこれといった用件はないんだけれど、今日会った刑事さんが、なかなかのイケメンでさ、ちょっとぽうっとしちゃったわ、私」

「そうですか、それは、尊いですね、いえ、よろしいんじゃないでしょうか。押していくべきですよ。刑事さんなら、安定していますし」

「栂原さん絡みのことで、これからも情報交換しましょうって」小川は嬉しそうだ。わざわざ電話をかけてくるなんて、アルコールが入っているのではないか、と加部谷は想像した。

「そうそう、えっと、契約書はあれでけっこうです。ありがとうね、恵美ちゃん」

電話が切れた。そうか、その用件があったっけ、と端末をテーブルに戻す。

「恵美ちゃんだって」と呟いていた。

「小川さん？　あの人もさ、陰(かげ)があるというか、どことなく寂(さび)しげでなぁ、メロドラマによく出てくるタイプだがぁ。そう思わん？」

「メロドラマなんて見たことないから。なんかね、イケメンの刑事さんと会って、舞い上がっていたみたい。雪上流血美女連続殺人で、お互いに協力していきましょうってなったとか」

「その命名に拘(こだわ)っとるな」

小川の電話は、自宅からのようだった。いつもクラシック音楽が流れている。今どき、そういった場所は滅多(めった)にないからだ。

それにしても、いつになく、小川は陽気だった。イケメンの刑事だそうだが、もしかしてロマンス詐欺(さぎ)なのではないか、ちゃんと刑事だと確かめたのだろうか、と心配になった。もちろん、自分がかつて引っかかった経験があるためだ。だが、それは今となっては全然暗い過去ではない、まさにロマンスのシーズンだったのだから。

7

小川令子は、翌日も気持ち良く目覚めた。昨夜の機嫌(きげん)の良さが、二日酔いみたいに残っている気がした。出かける支度をほぼ終えて、鏡で確認したとき、そうかあの刑事の声が似ているのか、と気づいた。死別した恋人が、あのような響く声だった。彼の声を録音していなかったことを後悔していた。当時は、動画などを気軽に撮れなかったのだ。亡くなったのは、ちょうどあの刑事くらいの歳だった。自分はまだ若くて、なにもかもが輝いて見えていた。それが、本当にもう人生はこれで終わりなんだな、と反転したのだ。思い出すと、その可愛らしさに、少し笑えてくる。

いつまでも引きずっているのは良くないな、とも思った。引きずっていることに価値を見出(みいだ)していたのに、まるで反対である。どうして切り替わったのか、よくわからなかった。電車の中でも、ずっとそれを考えた。生きられそうな人生の時間から考えて、今がちょうど折り返し地点だろうか。まだ半分もあるのだ。音楽やオーディオを楽しむだけで生きていけるだろうか。否、そもそもこの音楽の趣味が彼の影響なのだから、引きずっているウェイトの一つともいえる。

事務所の手前で、先を歩いている加部谷を見つけ、建物に入ったところで追いついた。加部谷は部屋の鍵を開けようとしていた。

「おはよう」

「あ、おはようございます」

ドアを開けて、中に入る。加部谷がお茶を淹れると言ったので、小川はデスクで、草元朱美にメールを送信した。仮契約書を添付したものである。

「さて、むこうから返事が来て、契約が成立したら、今日から仕事をしよう」

「まずは、ホテルで張り込むわけですか？」

福森宏昌も草元朱美も、稽古場や劇場に近いホテルに宿泊している。二人が同棲しているのは千葉県らしく、夜遅くなると帰れないという理由らしい。同じホテルに泊まれば良いのに、と考えたが、稽古後に、役者仲間とのつき合いがあるためらしい。それは、お互いに不倫をしよう、という意味にしか取れないが、この業界ではこれが普通なのかもしれない。小川が草元と会ったのは、彼女が泊まっているホテルで、福森のホテルとは百メートルほどの距離にある。

周辺の人間から話が聞きたいところだが、これは大っぴらにはできない。ファンを装って近づく手を、加部谷が提案したが、まだ稽古の段階で、本番の開演は一週間さきになる。

「でも、ファンだったら、稽古場へも集まるんじゃないですか」加部谷が言った。「今は、役者さんも練習風景とかをネットにアップしますからね」

「なるほど、そういう情報も調べてみて」

というような会話を昨日したところだ。加部谷によれば、やはり、稽古の様子が部分的にアップされているし、稽古後の食事風景なども見つけることができた。

今回の芝居のフライヤも、ネットから入手したものをプリントアウトした。福森も草元も、主役ではないので、顔写真は小さい。主役は、明知大河（あけちたいが）という五十代の俳優で、この人物はテレビなどでも見かける顔だ。また、もう一人の主役は、成瀬舞花（まいか）という二十代の女性で、ネットで調べたかぎりでは、役者というよりもアイドルとして扱われていた。歌手でもあるし、コマーシャルにも登場するらしい。集客能力が望める人物が、主役になるのだな、と小川は理解した。

「やっぱり、主役っていうのは、若くないといけないわけか」と小川が呟くと、

「日本は特にその傾向が強いですね」と社会学者のようなコメントを加部谷が語った。

そんな状況や、現場周辺の地図で予習しているうちに、草元朱美からメールの返信があった。

「よし、契約成立」小川が言った。「それじゃあ、午後から調査開始ね」

平日の昼間なので、事務員風の目立たない服装に着替えて、二人は事務所を出た。早

めに行って、現場近くでランチにしよう、と決まったからだ。ショルダバッグには、カメラやレコーダなどが入っている。最近は、この種のツールが小さくなったので、普段のバッグに簡単に収納できる。

福森宏昌が宿泊しているビジネスホテルはすぐに見つかった。その向かいのビルの一階にカフェがあって、ホテルの正面を見ることができそうなので、そこに入った。時刻はまだ十一時まえ。店内は空いていたので、目的の窓際のテーブルに着くことができた。店員が来て、ランチのことを尋ねると、十一時からだというので、二人はコーヒーを注文した。

草元朱美が泊まっているホテルよりも、かなり安く泊まれそうな感じだった。草元は資産家のお嬢様だからか、などと話をした。ホテルに出入りする人間は少なく、もちろん、福森と思われる人物はいなかった。この時刻はまだ寝ているのではないか。

そうしているうちに、ランチタイムとなった。店員を呼んで、二人はメニューから選んで注文した。

「さて、これからが、長丁場(ながちょうば)になるね」小川が言った。「まずは、ここで見張っていて、福森さんが出かけたら後をつける」

「稽古場へ行くだけですよね。コンビニくらい寄るかな」加部谷が言った。

「問題は、その稽古が終わってから。真っ直ぐに、ここへ戻ってくるか。もし、戻ってきた場合、誰か女性が彼の部屋に行かないかチェックする。福森さんが、女のところへ出かける可能性もあるから、そうなると、深夜の尾行になるね」

「暖かいもの着てこないと」

「タクシーに乗るかもしれない。ちょっと面倒だけれど」小川は言った。「まあ、初日は様子見で、深追いしない」

「そうですね。あの、栂原沙保里さんが利用する場所を把握しておいた方が簡単じゃないですか？　新宿でしたね」

「相手を絞って良いものかどうか、それも、しばらく様子を見てから決めましょう」小川は言った。「どちらにしても、深夜まで活動して、明け方から午前中は寝る、そんな生活パターンだから、私たちも、しばらく、午後出勤にシフトすることにしよう」

「えっと、四時間ずらす感じですか？」

「それくらいかな」

「若者なら、そういう人多いですよね。歳を取ると、朝早くから起きられるようになるみたいですけれど、あれはどうしてなんですか？」

「私にきかないでくれる？　知らないわよ、そんなの」

「科学的な理由があるんじゃないですか？」そう言いながら、加部谷は端末に手を伸ばした。検索しようとしているようだ。その傾向こそが若い、と小川は感じた。

初日は、十時間ずつを担当することにして、今日の午後二時から夜の十二時までを加部谷が張り込み、そこで交代。そして、朝の十時まで小川が張り込むことになった。そこで、またその後の予定を組もう、という計画である。

ランチを食べたあと、加部谷はカフェを出ていった。一度自宅に戻って、夜の張り込みに備えて準備をするためだ。それまでは、小川がこの近辺で見張る。このカフェに長く居座るわけにはいかないが、しばらくは一人でコーヒーを飲むことにした。

そういえば、昨日買った加部谷へのプレゼントをまだ渡していない。今朝はすっかり忘れていた。事務所の空いたロッカに入れたままだ。加部谷も忘れているのか、その話が今日は出なかった。普段ならば、事務所で毎日会えるが、張込(はりこ)みの期間は現場で待ち合わせて交代することになる。今夜交代するときに手渡すのが良いだろうか、などと考えた。

加部谷の同居人はどんな人物なのか、とも想像する。彼女には幸せになってほしい、と願っているけれど、あまり口出しをしたりしたら、説教くさくなって敬遠されそうだ。今の仕事ではなく、もっと真っ当な仕事に若いうちに替わった方が良いのでは、ともときどき思うところだった。

8

　加部谷恵美が自宅へ帰ると、まだ雨宮純が在宅だった。玄関のスリッパがなかったからわかる。軽く声をかけてみたが返事がない。キッチンにはいなかった。まだ寝ているらしい。

　自分の部屋に入って、段ボール箱から一番暖かそうなダウンジャケットを出した。マフラもあった。手袋は持っていない。たぶん、これくらいで大丈夫だろう。あとは、飲み食いするものをコンビニで買えば良い。カメラやレコーダは事務所の備品をバッグに入れてあるが、端末と一緒に、念のために充電することにした。

　そうか、顔がわからないように、メガネとマスクをしていこう、とも考えた。人通りが多い場所なので、そういったことにも気を遣う。

　炬燵に脚を入れていたが、スイッチはつけていない。この部屋は、以前の部屋と比べると格段に暖かいようだ。アパートとマンションの違いだろう。構造的には、以前のアパートは鉄骨で、このマンションは鉄筋コンクリートである。彼女は、工学部の建築学科の出身なのだ。それは、雨宮純も同じ。二人とも、今はまったく建築とは無関係の仕事に就いている。

音が聞こえたので、部屋から出ていくと、雨宮がキッチンに立っていた。薬缶で湯を沸かしているところだった。コンロはガスではなく電気なので、炎はない。

「おはよう」雨宮が振り返って言った。ジャージ姿で、ノーメイクでメガネをかけている。普段はコンタクトなので珍しい顔である。

「もう午後だよ」加部谷は言った。

「わかっているよ、そんなこと」雨宮が言う。「あんたは？　今頃何しとるの？」

「私は、午後から張込みだから、着替えとかの準備のために一時帰宅」

「あそう。ふう……、はりこみ、はりこみ……、えっと、何だったっけ、はりこみって。紅茶、飲むか？」

「飲む」加部谷は答える。ぼうっとした雨宮を眺めているのが面白い。

ゆっくりとした動作で、雨宮は紅茶を作った。といっても、ティーバッグで、カップにお湯を注ぎ入れ、糸をぴくぴくと引くだけ。それを両手で二つのカップ同時にやっている姿が見ものだった。

「はい」そのまま、カップの一つを加部谷の前に差し出した。「あとは、自分でやんな」

加部谷は、カップの中の色具合を確かめ、糸を引き上げて、バッグをゴミ箱に捨てにいった。カウンタテーブルのシートに戻り、カップに口をつける。

「あ、そっかぁ、わかったわぁ、隠れて見張るんだね、浮気調査」雨宮は既に紅茶を飲んでいる。ティーバッグは入れたままのようだ。いろいろ文化が違うな、と加部谷は思った。

「今夜は、帰宅が深夜の一時頃になります」加部谷は言った。

「はいはい、べつに、そんなのいちいち予告せんでもええよ。勝手に出入りして。ただ、男を連れ込んだりせんこと」

「え、駄目なの？」

「勝手には、駄目。こっちの心の準備っちゅうもんがあるがね」

「ああ、そういうことか。わかりました」

「そんな可能性がある？」

「ない」

「即答すんな」

「純ちゃんは、可能性はあるの？」

「うーん、まあ、ないでしょうねぇ、そうゆう場合、ここじゃないところへしけこむ公算が強いでね」

「しけこむ」加部谷は言葉を繰り返した。久しぶりに聞いたタームである。

「今日は、俺、オフだで、一緒に行ったろか、張込み。一人だと、トイレにもいけんじゃんか。どうすんの？　コンビニに弁当も買いにいけんだろ」

「完璧を目指すと、そうなるけれど、まあ、いつどれくらい監視から外したかを記録しておけば良いことになっている。その間は、カメラを置いておく手もあるし」

「ほう、だったら、ずっとカメラを置いておきなって」

「そうだよ、これからはそうなるよね。人間が張りついている必要は全然ないもんね」

「でも、カメラはいざというとき追っかけてくれんわな」

「そうか、そういうのもやってくれる張込みロボットが、そのうち発売になるかも」

「それよりも、その本人に発信機を付けとけば？　何がええかなぁ、必ず持って出るものにさ。うーん、財布か端末くらいか？　そうだ、五百円玉の発信機を作ってさ、建物の出口に置いておくわけだ。そこを通らせるのな。拾って、ポケットに入れてくれるだろう？」

「それでコーヒーとか買われたら、追跡終了だね」

「くっつき虫にな、発信機を仕込んでおいて、それをそっと背中に投げつけるってのは？」

「くっつき虫って、何？」

「あ、知らんの？　うーんと、小さなウニみたいなやつ」

「ウニ？　ウニって、どんな格好だっけ？　食べるときのしか知らないって。食べたのは、もう十年以上まえだけれど。あ、わかった。湖に沈んでるまんまるのやつ？」

「それはマリモ。今度、寿司屋に連れてってたげる」

加部谷は時計を見た。

「私、もう行かなくちゃ」立ち上がって、加部谷はカップを見た。「帰ってきてから、残りを飲むから」

「貧乏くさいこと言うな。いいから、早く行きなさいって。忘れ物のないように。小学生のお母さんか、俺は」

充電してあった器具をバッグに入れ、加部谷は部屋を出た。現場までは三十分ほどかかる。電車の中では、稽古が行われている芝居の内容を調べた。どんなストーリィなのかは、キャッチコピィではわからない。どうやら、サスペンスかミステリィもののようだ。あまり、演劇というものを観たことがないので、どれくらいの観客の数なのかも想像がつかなかった。ただ、上演される劇場のビルは調べた。ホールのような大空間があるとは思えない、普通のビルだった。だから、小規模でマニアックで、観客もコアなファンが多いのだろう、と想像した。

電話をかけて、小川と会った。福森はホテルから出てこない。入っていった怪しそうな女性もいない、とのことだった。

「パジャマと枕を、持ってくるから、夜に渡すね」小川は言った。「経費でタクシーで帰って良いから」

「了解」加部谷は、敬礼のジェスチャをした。

小川が駅の方へ去り、加部谷は、ホテルの入口が見える範囲で、通りを歩くことにした。車線のない道路に面していて、両側に立ち並ぶビルは、ほとんど一階は商店。地下や二階も、なにかの店が多い。そうでないのは、ビジネスホテルくらい。上階になると、住宅かオフィスだろうか。車は、ときどきゆっくりと走る程度。歩いている人や自転車は多い。夜になっても、人通りが途切れることのない地域といえる。こういう場所は、うろついていても怪しまれないから、張込みはやりやすい、ともいえる。

レンタカーを借りて、どこか近くに駐車して、車内から見張る方式にすれば、寒さも防げるし、疲れないのだが、ここは車をずっと駐めておくのは無理だろう。また、ホテルの入口が見えるような都合の良い店は、ランチを食べた向かいのカフェくらい。むしろ、ホテルのロビィに入った方が良いかもしれない。ただ、これも長時間はできない。ホテルの建物内にはラウンジらしき店はなく、地下に夜に営業するスナックの類が二軒あるだけだった。

通りを何度か往復した。ホテルに近づく方向ならば問題ないが、離れる方向へ歩くときは、何度も振り返らないといけない。通行人が多いから、よく見えないこともあった。だから、あまり離れられない。せいぜい五十メートルくらいだ。ときどき立ち止まり、店を覗いたり、販売機を見たり、端末を操作する振りをして、時間を稼いだ。

そのあと、問題のホテルに入ってみることにした。ロビィは広くない。フロントにはいる。
誰もいなかった。スタッフは奥にいるのだろう。呼ばれないと出てこないのかもしれない。客が来る時間帯でもない。チェックインをネットで済ませることもできるようなので、スタッフが必要ないのかもしれない。カウンタの横に、それらしい機械が置かれている。

また外に出た。どうやって時間を潰そうか、どこかに腰掛けることができる場所がないかな。そこで端末を見ていれば良いか、と考えた。公園にあるような公共のベンチはなさそうだが、店の前にあるガードレールっぽい鉄パイプの構造か、あるいは階段か、と候補を探す。短い時間なら座っていられるだろう。

その一つは、昼に入ったカフェの隣のビル。二階へ上がる階段があり、腰掛けられそうだ。まず、そちらへ向かった。ところが、後ろから自動ドアの開く微かな音が聞こえてきて、振り返ると男性が出てきた。こちらへ向かって歩いてくる。

サングラスをかけているが、福森宏昌だとわかった。黒のコートに白のマフラで、普通の人間なら避けたいファッションである。加部谷は、端末を耳に当て、電話をしている振りをして、やり過ごした。すぐ近くをすれ違いで歩いていった。時刻は三時五分まえ、まだ一時間も経過していなかった。

三時から芝居の稽古が始まるのだろうか。歩いていったのもその方角だ。少し遅れて、なんとなく、そちらへ歩きだすようにした。二十メートルほど離れてついていく。

　福森は一度も振り返らず、道路の真ん中を歩いている。まるで舞台の花道のようだ。周囲の人たちは、自然に彼を避けていた。あまりに堂々としているから、怖いのかもしれないな、と加部谷は思った。話したこともないから、福森がどんな人物なのかまったくわからない。テレビでも見たことはないし、ネットで探したが、動画なども見つからなかった。ただ、ラジオには出ているらしく、声だけのものはあった。まあ、普通の声で、好青年っぽいしゃべり方だった。役者なのだから、どんなふうに話すこともできるのだろう。三十代の後半で、出身は北海道。調べたかぎりでは、結婚歴はない。

　予想したとおり、稽古場のあるビルの中に入っていった。ここは、裏に駐車場があって、そちらの奥に螺旋階段が見える。窓はすべてカーテンかブラインド、あるいはなにか貼られていて、室内は見えない。看板も少なく、外から見て、何の建物かわからない。芝居が上演される劇場は、そこから二十メートルほど先の道路の反対側だった。そちらの方が、むしろ建物としては小さいが、入口が少し奥へ下がっていて、前が広く開いている。タイル張りのデザインも新しそうに見えた。来週末に上演される芝居のポスタや看板が目立つ位置にあった。

「さてと……」と加部谷は息を吐いた。

　しばらく、その劇場の前に立っていると、福森が入っていったビルに、さらに数人が急ぎ足で入った。同じ芝居の関係者だろうか。ただ、男性が多く、女性は一人だった。

その彼女は、栂原沙保里ではないことはわかった。ただ、マスクで顔を隠していたし、異様に着込んで目立たない服装だった。カモフラージュかもしれない。たぶん、ほかの女優なのではないか、と加部谷は思った。端末を見る振りをしながら、一枚だけ写真を撮ることができた。

　加部谷がいる劇場の前は、植込みのための段があって、そこに腰掛けている若者が数名いた。加部谷も少し離れて、そこに腰を下ろした。福森は、入っていったきり、出てこない。これからしばらくこのままなのではないか。

　周囲にいる若者たちは、よく観察すると、加部谷と同じように稽古場の建物の方へときどき視線を向ける。なるほど、この芝居に出演する役者のファンなのか、と気づいた。なかには、芝居のフライヤを手にしている者もいる。だったら、自分もファンの一人だと見られているのにちがいない。好都合である。

　福森が来たときに、それほど騒がなかったことから、別の役者のファンなのだろう、と想像した。しかも、その役者は、もっとまえに建物の中に入ったのだろう。ファンたちには、通りの両側を窺う素振りがないからだ。ということは、また外に出てくるまで、ここで待つつもりなのか。そうか、稽古の途中で食事のための休憩があるのかもしれない。そのチャンスを狙い、ついていくつもりなのだ。

　たぶん、主演の男優、明知大河か、それともアイドルの成瀬舞花だろう、と想像した。

年齢からは、ちょっと判断できない。若い男性は少なく、女性が多い。となると、明知大河かな。成瀬舞花のファンは、この時間は仕事をしているのでは、などとも想像した。それとも、成瀬は、今日はここへ来ていないのかもしれない。人気がありそうだから、ほかで仕事があって、遅れて来るのか。

ネットでいろいろ検索し、ときどき辺りを見回す、という時間を過ごすうちに、周囲が暗くなったような気がした。もう日没かな、少し早くないか、と思って見上げると、空が暗い。周囲の看板のうち、既にライトが点いているものがあった。時刻はまだ四時少しまえである。

上を向いていた顔に、冷たいものが当たった。

ほぼ黒く見える空から、小さな粒子がランダムに落ちてくる。

「雪だ」という声が近くで上がっていた。

9

そういえば、天気予報を見ていなかったな、と思い、加部谷恵美は端末で別のページを開いた。〈都心部でも積雪〉の文字がすぐに目につく。まだ秋だと思っていたのに、なにも今日、今夜に降らなくても……。最悪だ、と恨めしい。小川も雨宮も、そんな話は一言もしなかったではないか。

だが、深呼吸をした。雪だと事前にわかっていたとしても、相応の服など、自分は持っていない。これ以外の選択肢はなかったのだ。手袋くらい買っておけば良かったかもしれない。

気温も下がっているようだった。風がないことだけが不幸中の幸い。ひとまず、ポケットに両手を入れた。こうすると、端末もポケットの中になり、どこへ視線を向けるのかが悩ましくなる。周囲のファンたちの顔を見て、通りを歩く人を見て、周辺の看板を順番に見る。

雪は激しくなった。アスファルトの上がみるみる白くなっている。自分の躰にも、雪が付着していた。このまま白くなるのではないか。フランダースの犬を思い出して、涙が出そうになった。

ポケットの中で端末が振動する。取り出してモニタを見ると、雨宮純からだった。〈どこにいる？　なんか食べるもの持っていこうか？〉とある。

すぐに電話をかけた。

「純ちゃん、ありがとう。雪が降ってきたんだよ」加部谷は言った。「寒くなりそう。どうしよう？」

「どうしようって、今日は諦めやぁ。帰ったらいかんの？」

「そんなわけにいかないよ。小川さんが来るまでは」

「そんじゃあ、小川さんにお願いして、中止にしやぁ」

「いえ、大丈夫、それほどでもないから」

「注意報が出とるんだに。警報に変わるかもしれんって言っとらっせるが。とにかく、温かい弁当でも買ってったろうかと思ったんだが、場所はどこぉ？」

「傘も買ってきて、あと、手袋。お金は払うから、安いやつね」

加部谷は場所を教えた。近くにコンビニがあるから、傘くらい買えるのだが、見張りを周りのファンたちに頼むわけにもいかない。

小川に電話をするのは駄目だ。今頃仮眠をとっているはず。これくらいの寒さで計画が変更になるとは思えない。初日なのだから。

上を向く。雪は降り続いているので、目を開けていられない。とりあえず、雪を避ける場所を探そう、と周囲を眺める。劇場の正面玄関前の庇の下には、既にファンたちが集まって、狭い面積に躰を寄せ合っている状態だった。それよりも、稽古場のあるビルの玄関前の方が空いている。加部谷は、そちらへ歩いていく。

その玄関前は、まだ照明が灯っていない。入口のドアの窓は磨りガラスで、そのドアの上だけに僅かに庇が突き出ていた。五十センチほどしかないが、その真下に立てば、雪を少しは防げる。ドアに密着する姿勢になるから、出入りの邪魔になるけれど、さきほどから出入りする者はいないし、建物の中も照明が灯っていないように見える。稽古は上階で、もう始まっているのだろうか。

　こんな近くで目立つ場所に立つなんて、張込みとしては完全にありえない行為といえるが、雪を一時的に避けている通行人に見えるだろうから、不自然さはないはず、と勝手に考えた。

　しかし、雪は降り止まず、それどころか、みるみるうちに辺りは真っ白になった。空は暗く、日が暮れているも同然。通りや建物の照明が灯り、一気に夜の街となったが、歩いている人は少ない。車も慎重に低速で走っていく。

　劇場前にいたファンらしき人たちも、少しずつ雪の中へ出ていき、人数が少なくなっていた。最初の半分くらいしか残っていない。加部谷は、ときどき端末をポケットから出して、ニュースを見たり、芝居の関係者を検索したりして時間を潰した。躰が冷えて、指の感覚も覚束(おぼつか)ない。すぐにまたポケットの中に戻すので、長くは続かない。

　メールが届き、雨宮が近くの駅に到着したことを知らせてきた。数分して、電話で話すことができ、こちらの場所を簡単に説明する。建物から離れ、通りへ出て待っていると、傘を差して雨宮が近づいてきた。

「おう、大丈夫か?」雨宮は、もう一本傘を持っていて、加部谷に差し出した。「温かいものを、買ってきてやるから、もうちょっと待ってな」

「ありがとう」加部谷は、受け取った傘を広げる。「でも、大丈夫だよ、まだ夕方だし、お腹もそんなに空いていないし」

二人は、建物からは既に離れていて、また劇場に近づいていた。雨宮は、芝居のポスタを眺めているようだ。加部谷は、さきほどのビルを振り返った。出入りがないか、見張っていなければならない。

「明知大河と成瀬舞花かぁ」雨宮が呟く。「カップルとしては、全然、釣り合ってぇへんよなぁ」

「どうして、年齢差？」

「うん、ミステリィだから、たぶん明知大河が犯人だわな。役者の格で、犯人、丸わかりだ」

「決めつけてる」加部谷は吹き出した。「成瀬舞花は、殺され役？」

「いや、殺されるのは、草元朱美だろ。殺されたら、そのあと出てこれんのだから、成瀬舞花はない」

「途中で殺されたら、時給は良いことになるよ」

「こういうもんは、時給じゃないの。どれだけ顔が出ている時間が長いかが勝負なんだでさ。映画でもドラマでも」

「それって、やっぱり時給なんじゃない？」

まずは、熱い飲みものを買ってきてもらうことに決まり、コンビニなら、あちらが近い、と加部谷は教えた。雨宮は五分くらいで戻ってきて、劇場の前で二人でそれを飲んだ。雪は降り続いていて、水平面はほぼ白くなった。

「これは、積もるかもしれんな」コーヒーを啜ってから雨宮が言った。「あ、そうか、そういや、えっと、雪上流血なんたらかんたら」

「雪上流血美女連続殺人事件」加部谷が言い直す。「あれ？　なんか長くなった？」

「もしかして、この芝居も、それか？」雨宮が振り返ってポスタを見上げる。

「売りにはならないよね。よくあるだろうし、インパクトも薄いし。だけど、シーンとしての美学がありそうじゃない？」

「そうか？　そうは思えんけど」

「うーん、ぴんと張り詰めた静寂な白銀世界に、一点だけ赤い血が流れる。冷たいところへ温かい血がね、ゆっくりと、少しずつ」

「普通だろ、全然」

「映像的なんだよね」

「視覚的ってことか？」

「幻想的だよ」

「いや、全然」雨宮は首をふった。「雪が降ると、むらむらしてきて、殺したくなるという人間が犯人かぁ？　おるか、そんなのぉ。雪が降ったら、寒くて外に出たくないにぃ、普通よぉ」

「なにか、芭蕉(ばしょう)の心というか、侘(わ)び寂(さ)びというか、そういう美しさを感じない？」

「感じん」雨宮が笑う。「しかし、まあ、百歩譲って言わせてもらえば、邪魔くさいってとこかな」

「邪魔くさいかぁ……」加部谷は言葉を繰り返す。

熱いコーヒーを飲んで、一息つくことができた。雨宮と話している間も、彼女はずっと稽古場となっているビルの入口から目を離さなかった。

二人はこのとき、まだなにも知らなかった。

すぐ近くで、血を流し瀕死の女性が雪の上に倒れていたことを。

第2章　響かない幕間（まくあい）

同様に興味深いのは、バーコウィッツが毎晩のように獲物を求めて出かけた点である。適当な獲物が見つからないときには、前に成功した地域へもどった（連続殺人者の多くは死体を処理した場所へもどってくる）。彼は犯罪現場や墓場へよく来ては、象徴的な意味をこめて泥のなかを転がり、空想を幾度も甦（よみがえ）らせた。

1

五時半頃、雨宮純が端末のモニタに、テイクアウトの料理を表示させたので、加部谷は著（いちじる）しくテンションが上がった。最寄りの駅に近い店で、イタリアンをネット注文すると、クリスマスが来たようだ、と幸せを実感できた。

料理ができたという連絡が入り、雨宮がその店へ料理を取りにいっている間は、通りを早足で歩いたり、劇場前で立ち止まって背伸びをしたり、高カロリィに備えて運動をした。

まもなく時刻は七時。雪は勢いが弱まったものの、まだちらほらと落ちてくる。少し風が出てきたようだし、気温も下がっている。吐く息が白く、通りの店からも湯気なのか煙なのか、白い空気が立ち上っているのが見えた。人通りは少しだけ増え、色とりどりの看板照明もあって、賑やかな様相を呈している。道路の雪は、車や人に踏まれるせいか消えつつあって、積雪といえるほどにはなっていない。

見張っているビルは、六階建で、その上部半分、つまり四階から上が照明が漏れ出ていた。芝居の稽古をそのいずれかでしているのだろう。三階以下は、窓が完全に封鎖されて光が漏れないのかもしれない。相変わらず、人の出入りはなかった。そろそろ食事のために休憩する頃ではないだろうか。

最初に動きがあったのは、白い軽ワゴン車がやってきて、そのビルの入口の前で停車したことだった。運転席から男が現れ、入口のドアの前に立った。インターフォンらしきものがある。それに触れたようだ。さきほど、加部谷が雨宿りならぬ雪宿りした場所だ。しばらくすると、なにか話をした。男は、ワゴン車の後方へ回り、リアハッチを開けた。こちらからは何をしているのか、よく見えなかったが、どうやら荷物かなにかを届けにきたらしい。

やがて、入口のドアが開けられ、中から何人か出てきた。いずれも男性で、三人である。そして、ワゴン車のリアへ回り、両手でコンテナを持って、つぎつぎとビルの中へそれらを運んだ。なるほど、弁当か、と加部谷は気づいた。あれは、仕出し屋か弁当屋の車なのだ。当然、稽古をしている役者やスタッフのための弁当だろう。スタッフが上の階まで運ぶのだな、と想像した。ワゴン車は仕事を終えると、方向転換することなく、通りを走り去った。

ということは、食事のために出てこないのか、と少し残念に思った。仕事としては、労力がかからないが、このままずっとここにいるのは、退屈極まりない。眠くなってしまうのではないか、と心配した。特に、これから食事をすることになる。満腹になると、瞼(まぶた)が重くなりそうだ。気をつけなければ、と息を吐いた。

そこへ、雨宮純が紙袋を両手に下げて戻ってきた。差し出された袋からは、良い香りが漂っている。幸い、雪は止んでいたので、傘を差さなくても良いが、腰掛ける場所は濡(ぬ)れているので、立ったままで食べることになった。

「こんなリッチな張込みは初めてだよ」加部谷は息を弾ませた。

「ワインも買ってきたけれど、どうしやぁす?」

「それは駄目でしょう、さすがに、勤務中なんだから」

「ほんなら、これは帰ってから、俺が飲む分な」雨宮が片手を持ち上げる、そちらの袋に入っているようだ。きっと酒の肴も含まれていることだろう。

フォーク一本で食べられるものばかりで、まずは冷めないうちにパスタを食べた。途中で、雨宮と料理を交換したので、二種類のソースが楽しめた。そのあと、カルパッチョとキッシュを少し食べた。半分くらいで、加部谷はやめることにした。

「どうした？　具合でも悪いの？　ああ、そうか、トイレか？　見とったるから、行ってきやぁ」

「違う。いえ、トイレもそろそろ行きたいけれど、そうじゃなくて、控えているの」

「ダイエットで？」

「違います」つい返事の声が大きくなってしまった。「眠くならないように」

「ああ、なぁるほどぉ」雨宮が目を大きくした。「ほいじゃあ、トイレに行っといで。あっちのコンビニ」彼女は指差した。

「ついでに、温かい飲みものを買ってくる。純ちゃん、何が良い？」

「カフェラテ」

「はい、了解。出入りする人を、覚えておいてね。写真撮っても良いし」

「ここから？　ちょっと遠ない？」

「大丈夫大丈夫」

加部谷は、コンビニに向かって歩きだした。二百メートルほど歩いた交差点の角にコンビニがある。その先は幹線道路に出て、駅も近い。気温は低く、冷たい風が吹いているが、雪は完全に止んだ。

明るいコンビニにあと数メートルというところで、前方から走ってくる人がいて、彼女の横を通り過ぎた。警官だった。走っていく後ろ姿を眺めてから、コンビニに入った。アイスクリームを買おうか、と発想するほど、店内は暖かい。トイレを済ませてから、飲みものを購入。お菓子を買おうか迷ったものの、今日はあんな立派なディナにありつけたのだから、バランスを取ろう、と諦めた。

店から出て、また冷たい空気の中を戻ろうとすると、前方に赤いライトが見えた。看板ではない。回転灯のようだ。しかも、それとは別に、パトカーのサイレンが聞こえてくる。だんだん大きくなり、やがて後方からパトカーが近づいてきた。

道路脇に寄ってやりすごす。ずっと先まで行き、赤いブレーキランプが光る。それとともに、サイレンも停まった。ところが、まだ、どこからともなくサイレンが聞こえてくる。

両手にカップを持って、そちらへ急ぐ。劇場のすぐ近くにパトカーが二台停車していた。人が大勢集まっていて、雨宮がどこにいるのかわからなかった。

騒ぎの中心は劇場ではない。稽古が行われているビルの方だ、とわかる。周囲のみんながそちらを見ているからだ。人の間を歩いて前進する。横から腕を掴まれた。危うく、カップを落としそうになる。立っていたのは雨宮純だった。

「何があったの？」加部谷はきいた。

「わからん。警察が突然来た」

「お巡りさんが走っていったけれど」

「そう、最初に一人来て、あの中に入った。あっという間で、写真撮れんかった」

そうするうちに、別のサイレンが近づいてきた。救急車である。パトカーも増えて、今は四台になった。救急車をビルに近づけるために、警官が交通整理を始めた。そして、救急車は、ビルの敷地内に入り、建物の横を通り、奥へ消えたところで、サイレンが止んだ。螺旋階段がある方で、裏に駐車場があったことを加部谷は思い出した。

「何だろう？　事故かな」加部谷は呟く。

「喧嘩ちゃう？」雨宮が言う。「稽古で言い争いになって、暴力沙汰に発展」

「それくらいなら良いけれど」

「そうそう。芝居の宣伝にもなる」

「まさか、そんな意図的なものじゃないでしょう。時間も早いし、アルコールはまだ入っていないでしょう？」

「どうだかね。アルコールじゃないものが入っている可能性もあるでね」

「え、なんか、知っていることがあるの？」

「ないない。この業界は、そんなに綺麗なもんじゃありませんってことよ」

ビルの裏へ入っていった救急車は、その後なかなか出てこなかった。パトカーは増えたし、それ以外の車も集まっていて、警察官が数えきれないほどになる。もちろん、ビルの中にも大勢が入っていった。しかし、出てくる者は少数で、ときどき警官が正面から現れるものの、それ以外の、つまり一般の人間は一人も出てこなかった。

いったい何があったのか、という情報も伝わってこない。野次馬は人垣を作るほどになった。それらを整理している警官に話しかける者もいたが、黙って首をふられるばかりだった。端末を持った片手を伸ばし、写真か動画を撮影しようとする者も多い。しかし、撮るような対象が今のところない。

そんな、動きがない時間が一時間ほど過ぎたように感じられた頃、ようやく、救急車のサイレンが響きわたった。ビルの裏手からである。そちらへは、規制線で立ち入り禁止になっていた。それが一旦取り外され、救急車が現れた。警官が、人の群れをコントロールし、救急車は通りを駅の方角へ走り去った。

2

「ほんで、どうすんの？」雨宮が顔を近づけてきいてきた。

「うーん」加部谷は、握っていた端末で時間を確認した。まもなく九時だ。そんなに時間が経過したかな、と溜息をつく。「えっと、小川さんにメールする」

そう宣言してから、小川にメールを発信した。内容は、〈稽古場のビル内で事件発生の模様。警察と救急車が来て、混乱中〉とした。すると、一分もしないうちに電話がかかってきた。

「何なの？　わかった？」小川の声はいつもよりも籠もっていた。寝ていたのだろう。

「いえ」今メールしたばかりなのだ。そんなにすぐわかるわけがない、と加部谷は言いそうになった。「えっとですね、救急車は、帰っていったのか、それとも病院へ行ったのか……」

「とにかく、そちらへ行くから」

「あ、わかりました」

電話が切れた。

腕を握られる。雨宮が握っているのだ。彼女の顔を見ると、目であちらを見ろ、と示す。加部谷は見ようとしたが、前に人がいて、何があるのか見えない。雨宮は背が高いのだ。横に移動して、ようやくわかった。大きなカメラと照明を持った二人の男がいた。その近くに、マイクを持った女性が立っている。テレビ局が来たようだ。

「昔、あれ、やっていたね」加部谷は雨宮に囁いた。

雨宮はそちらをじっと見たまま、答えない。東京での話ではなく、地元の民放に勤めていたとき、レポータとしてお茶の間に登場する顔だった雨宮である。

二人で、そちらへ近づいていく。もちろん、人口密度は高くなっていて、ほとんど満員電車に近い。

歯切れの良い声が聞こえてくる。レポータの女性が話しているようだ。姿は見えないが、近くらしい。明るい照明が、人垣の隙間から漏れて届く。

「アイドルとして人気のある成瀬舞花さんが初出演する舞台の稽古が行われていたビルの前です。事故があったらしく、警察車両が集まり、救急車がさきほど、怪我人一名を搬送して病院へ向かったとのことです」

そこで、話が途切れた。撮り直しなのだろうか、なにか話をしている。話す文言を変えるのか、そんな打ち合わせをしているようだ。

「生(なま)ちゃうな」耳元で雨宮が囁いた。

人に押されて、倒れそうになった加部谷を、雨宮が支えてくれた。ひとまず後退し、人の群れから遠ざかることにした。

「はぁ」加部谷は溜息をついた。「もう、張込みどころじゃないよ、こんなの。なにも見えないし、いったい何なの、早く事情を教えてほしい」

「まあまあ、落ち着きなって」雨宮は、ようやく手を離してくれた。「明日になれば、わかることよ。早く知ったところで、なんの得もありゃせんわ」

「さっきの話だと、いかにも、成瀬舞花が怪我をして搬送されたみたいじゃない」

「そう、勘違いさせるように話すのが常道」雨宮は指を一本立てた。

「ふうん、でも、怪我をしたのが一人なら、もっと早く救急車が出ていったんじゃない？」

「さあね。ちょっと、ここを離れようぜ。暑苦しくなってきた」

加部谷は、知らないうちに汗をかいていた。人の熱気で気温が上昇したのだろうか。喉が渇いた。もちろん、カフェラテはもう飲んでしまい、紙袋の中だ。

「あれ？」加部谷は自分の手を見た。「紙袋がない。どうしたんだろう？」

「ゴミ箱に捨てといた」雨宮が言った。「ぼんやりしとらっせるなぁ」

「あ、純ちゃんの紙袋は？」加部谷は、雨宮の手を指差した。

「あれ？　どうしたんだっけな？」雨宮は辺りを見回す。「ワインが……。あ、そうだ。あっちの劇場の方だ。置き忘れたぎゃあ」

急いで、そちらへ戻る。劇場前も人が多い。しかし、植込みの手前に、紙袋を発見した。雨宮が中を覗いて、安堵の顔になる。ワインは無事だった。

「もうさ、ここにおっても意味ないでしょ」雨宮が言った。「どこかで一休みせん？」

「もうすぐ、小川さんが来るから、ここにいないと……。あ」加部谷は振り返った。劇場の隣のビルの二階に明かりが灯っている。レストランだろうか、営業中のようだ。そちらを指差す。「あそこへ行こう」

二人は人混みの中を移動して、そのビルの二階の店に入った。十一時まで営業している、軽食と飲みもの、とドアにあった。店内は暖かく、客は少ない。入口に近く、外が見えるテーブルが空いていた。ほっと一息つける。事件現場のビルがぎりぎり見える。救急車が入っていった奥の駐車場までは見えないが、そちら側に警官が何人もいることがわかった。また、通りの人々の動きも一望できるので、小川が来たら下りていけば良い、と加部谷は思った。

雨宮はビールを注文したが、加部谷はコーヒーにした。上司が来るのに、酔っ払うわけにはいかない。

「ここから見えるんならさ、なんでここで張込みせんかったん?」雨宮がきいた。

「たしかにね」加部谷は頷く。「でも、長居できないでしょう?」

「そこはさ、ちょっと、ほれ、金一封渡して、あんばようなって……」

「そうか、そういうのは経費で落とせるんだ」加部谷はケーキ屋の人形のように頷いた。

「これからは、利用させてもらおうっと」

コーヒーとビールが届く。加部谷はネットで情報収集。雨宮は、仕事関係に電話をかけ、事件のことを知らせているようだった。

しばらく第二声帯で話していた雨宮が、電話を終え、加部谷の方へ身を乗り出した。

「事件のことで、成瀬舞花の事務所に問い合わせた記者から聞いた、という話」彼女は、押し殺した声で報告した。「何があったのかは不明だが、成瀬舞花に怪我がなかったことは本人に確認した、とのこと」

「え？　じゃあ、救急車で運ばれたのは、誰だったの？」

「誰も怪我なんかしとらんとか」雨宮が言った。「いやぁ、それはないか。警察が全然引き上げねぇせんも」

「誰かが怪我をしたのは確かだと思う。しかも、けっこう大怪我だよね。大ごとだよね、これだけお巡りさんがいるってことは」

「そろそろ、なにか発表があるかもな。マスコミ向けに」雨宮は時計を見た。「事件からまだ二時間くらい？　今頃、どうしましょうって、話し合っとらっせるところ」

雨宮が二本めのビールを注文した頃、小川から電話がかかってきた。その頃には、カフェのテーブルも客で埋まっていた。明らかにマスコミ関係者らしきグループもいる。この場所を離れるのが惜しくなり、小川に場所を教えることにした。劇場の隣の二階と伝えるだけなので説明が簡単である。五分もしないうちに小川が現れた。

「あ、雨宮さん」小川は驚いた顔になる。それから周囲を見回した。「もしかして、事件の取材？」

「ええ、まあ、そんなところです。偶然、加部谷さんに会ったので」猫のように雨宮が答える。「でも、まだ何があったのか、みんなわからないんです」

「病院へ運ばれたのは、草元朱美さんです」加部谷の隣の席に座ると、小川が答えた。

そこへ店員が注文を取りにきた。「ホットコーヒーをお願いします」

「それ、どうして知っているんですか？」加部谷がきいた。

「ここへ来る途中に、草元さんに電話をかけたの。でも、ちっとも出ないわけ。それで、さっき駅を出たところでまたかけて、三回め。そうしたら、男の人が出て、それが警察の人だったわけ。草元さんが怪我をして救急車で運ばれたって。草元さんに会う約束でしたかってきかれたから、はいって返事をしたら、こちらへ来たら、事情を話してほしいとも言われちゃった」

「じゃあ、こんなところでコーヒーを飲んでいる場合じゃないのでは？」加部谷は言う。

「警察が待っているのなら、中に入って、何があったのかきいて下さい」

「そうね。べつに時間を約束したわけじゃないから、こちらも情報を仕入れてから会おうと思ったの」小川はにっこりと微笑んだ。

「さすがですね」雨宮も他所行き（よそゆ）の表情を見せる。そのうち女優になるな、と加部谷は思った。

3

ゆっくりコーヒーを飲んでから、小川令子はレストランを出て、斜め向かいのビルへ向かった。規制線の近くに立っていた警官の一人に、刑事に呼ばれて来ました、と告げる。警官は、名前をきいたうえで、外で待つように言い残して、建物の中に入っていった。刑事を呼んでくるのだろうか、それとも一般人を入れて良いか指示を仰ぎにいったのだろうか。

一分もしないうちに、警官は出てきて、黄色のテープを持ち上げ、中に入るように、とジェスチャで示した。

これは、雑居ビルと呼べば良いのだろうか。かつては、店や事務所が入っていたのだろう。一階の入口に立っていた警官が、小川のためにドアを開けてくれた。通路よりは少し幅の広いホールが奥へ延びている。右に階段があり、左にはエレベータらしきドアが見えた。あまり明るくはない。最低限の照明が灯っている感じだった。

階段を私服の男が下りてくる。五十代だろうか。安っぽいベージュのコートを着ていた。小川の顔を見ても、表情をまったく変えない。挨拶(あいさつ)をするようなこともなく、無言で睨(にら)まれる。

「小川です」こちらから名乗った。そうしないと会話が始まらない雰囲気だったからだ。

「あの、草元朱美さんに電話をかけた者です」

「そう……」刑事は頷いた。「何の用だったんですか？」

「草元さんは、大丈夫ですか？　病院はどちらでしょうか？」

「申し訳ない。こちらの質問に答えてもらえませんか」刑事は言った。

「職業上、用件は話せません」小川は答える。

刑事は、しばらく小川を睨みつけた。こちらだって職業上の質問をしているんだ、くらいは言われると覚悟していたが、意外なことに、刑事はそこで鼻から息を吐き、口もとを緩めた。

「草元さんは亡くなりましたよ」友好的な表情とは裏腹に、言葉は深刻だった。

小川は息を止めた。絶句した、ともいえる。目が彷徨(さまよ)っていた。落ち着け、と自分に言い聞かせる。数秒間のうちに頭が回り始め、刑事に話した方が良い、と判断をした。

「そうですか、驚きました。私は、草元さんから調査を依頼された探偵です。今日から調査をしています。同僚が、このビルの外で、お昼頃から張り込んでおりました。草元さんには、その件で話したいことがあって、電話をかけました」

「探偵？　どこの事務所ですか？」

小川はバッグから名刺を取り出して、刑事に手渡した。

「え、所長さん？　貴女が？」

「はい。あの、草元さんが亡くなったというのは？　事故ですか？　それとも……」

「殺人ですね」刑事は答える。

「え……」また数秒間、息を止めた。小川は尋ねた。「いったい誰が？」

「それで、調査の内容は？」刑事は質問には答えず、さらに質問してきた。「何を調べていたんですか？　ここの前で張っていたというのは？」

「それは、あの、ちょっと、申し上げられません」

「男のことかな？」刑事が口を歪（ゆが）めた。もしかしたら笑ったのかもしれない。

「男？」小川は、とりあえず、とぼけることにした。

「帰っていいよ」刑事は、溜息をついた。「またあとで、電話しますから」

「どんな方法で殺されたんですか？　どこで？」

「関係ないでしょ」刑事はわざとらしく顔を顰めた。「調査も終了だね」

「福森さんと話ができませんか？」小川は言った。草元のパートナだからだ。草元に依頼された仕事を継続するかどうかを福森にききたい、といった振りをしたことになるが、調査の対象がその福森本人なのだから、矛盾（むじゅん）していることは明らかだ。調査内容を話していないので、今だけ成立しそうな言い分だった。

「あとにして下さい」

刑事は階段の方へ戻ろうとした。もっと、なにかないか、と小川は頭を巡らせた。

「あの、牛田刑事はいらっしゃっていますか？」彼女は、思いついた名前を出した。

階段の手摺りに片手をのせたところだった刑事が、そこで足を止め、小川の方を振り返った。また、最初と同じ目で睨まれることになった。

効果があったらしく、刑事は小川の方へ戻ってきた。

「その依頼って、牛田と関係がある話？」刑事はきいてきた。

「ええ、まあ、そうですね。間接的には、ですけれど」小川は適当に誤魔化した。

「ああ、そういえば、雪だったね」刑事は、奥の方を見た。

「外で殺されたのですか？」小川はきいた。刑事の視線は建物の奥、つまり裏の駐車場の方へ向けられていたからだ。「血が流れていましたか？」

「その話、牛田から聞いているの？」刑事が尋ねた。口調が少しフランクになっていた。

「昨日、お会いしたばかりです」小川は答える。

「あ、そう。呼んだから、もうすぐ来ますよ」刑事は、そう言って、また階段の方へ向かう。しかし、途中でこちらを振り返った。「中で待っていてもいいよ。上に来ます？外、寒いから」

「あ、はい」小川は返事をして、刑事のあとから階段を上った。「ありがとうございます」

「三階の通路にベンチがあるから」刑事が振り返って話す。急に優しくなったようだ。

明らかに、牛田の名前を出した効果だ。草元朱美は、屋外で殺された。雪の上だったのかもしれない。雪上、流血、美女のキーワードが、揃ったことになるのか。牛田の名を聞いて、刑事もそれに気づいた。だから、その関連で探偵が調査をしている、と想像したのかもしれない。少しずれているのだが、まあよしとしよう。

三階へ上がった。通路は、奥までずっと続いていた。両側にドアが並んでいる。左の中央付近は、通路の幅が広がっていて、エレベータホールになっている。このフロアは比較的小さな部屋ばかりなので、芝居の稽古ができるようなスペースはなさそうだった。おそらく、上のフロアがそうなのだろう。

刑事は、通路のベンチを指差したあと、奥のドアの一つを開けて姿を消した。そういえば、名前も聞いていない。手帳も見せてもらっていない。本当に刑事なのだろうか、と心配になった。

通路には、階段を上がったところと、一番奥の窓の近くに警官が立っていた。その窓から右手へ行けるようだ。非常口の表示が、そちらを向いている。もう一つ階段があるのだろうか。

小川はベンチに腰掛けて、加部谷にメールを送った。

〈草元朱美さんは死亡。殺人事件らしい。現場は屋外。今、三階にいます。もう帰っても良いよ。お疲れさま〉

すぐにリプライがあった。

〈びっくりしました。調査は終了？　小川さんは、何のためにそこに？〉

そうだな、と小川は考える。私は何のためにここにいるのだろう。なんとなく、草元に対する責任を感じているのは確かだったが、それ以上に、牛田が追っている事件に関連がありそうで、それをもっと知りたいという好奇心が、この積極的な行動になっている気がした。もうすぐ牛田が来る、という点も無視できない。無視できない、は言葉として弱いな、そうではなくて、確実に期待しているな、とも自覚した。

4

加部谷恵美からは、〈帰宅します〉とのメールが届いた。張込みはひとまず中止となり、明日も行わないことに決まった。依頼主が死んだのだから当然だ。調べても、報告する相手がいない。

小川は、冷たいベンチに座っていた。通路には警官が人形のように立っている。ときどき見ると、目が合うことがあった。どちらも若そうだった。さきほどの刑事は、部屋から出て、階段の方へ歩いていった。小川の前を通るときに、ちらりとこちらを見ただけで会話はなし。それ以外では、やはり階段の方から声が幾度か聞こえた。小川のベンチの正面にはエレベータがあったが、これは一度も動いていない。使われていないのだろうか。おそらく、そうではなく、事件に関係があるため、使用禁止になっているのだろう、と想像した。

三階は、警察が控室(ひかえしつ)に使っている部屋が奥にあって、それ以外は無人のようだった。現場は四階より上の三フロアで、捜査や関係者の事情聴取もそちらで行われている模様。見にいきたいところだが、追い出されるだけだろう。

屋外よりはましとはいえ、三階は暖房もされていないようだ。通路は寒く、小川はコートのポケットに両手を入れたまま座っていた。張込みのつもりで服の用意をしていて、事件の知らせで急いでそれを着て出てきたので、珍しく、スカートではなくジーンズ。それに、雪だったので、深いブーツを履いてきた。普段のように足元が冷えるようなことがなく、幸いだった。

牛田刑事は、もう到着したのだろうか。彼が階段を上がってきても、ベンチに座っていては出会えない。階段の方へ移動しようか、とも考えた。

立ち上がって、階段の方へ歩いていく。警官と目が合ったので、微笑んで頷く程度に頭を下げる。階段を見た。今は誰もいないし、上階からは声も音も聞こえてこない。

「鑑識は、もう来ました?」小川は警官にきいてみた。

「ちょっとわかりません」警官は答える。

下に到着しても、さきに現場の駐車場へ回っているだろう、とは想像できる。少なくとも階段をまだ上がってきていないようだ。

次に、通路を逆方向へ歩いた。十五メートルほどあるだろうか。切れかけた蛍光灯があって、じいじいと音を立てている。そちらにも警官が立っていたので、軽く挨拶をした。通路は、突き当たりを右手へ延びていて、そちらの突き当たりには外へ出られるドアが見えた。屋外に螺旋階段があり、それが非常口ということになる。途中の壁に窓があったので、そこから下を覗いてみた。明るく照らし出された駐車場が見え、何人かの人がいることがわかった。

周囲はビルに囲まれている。駐車場は広くない。自動車十台ほどのスペースしかないだろう。今は、白いワゴン車が一番奥に一台駐車されているだけだった。ビルに近い、真下に照明が集まっているので、その辺りが現場なのだろうか。窓を開けて、身を乗り出せば、見えるかもしれないが、すぐ横に警官が立っているので、自重した。見える範囲でも、人が動き、カメラのフラッシュが光った。鑑識の第一陣は到着しているようだ。

時計を見ながら、ベンチまで戻った。もうすぐ十一時になる。階段の方から、足音が聞こえてきた。小川がそちらを見ていると、人が話す声のあと、メガネの顔が壁から出て、こちらを覗いた。牛田刑事である。彼は無表情のまま片手を広げたが、なにも言わずに顔を引っ込めた。階段を四階へ上がっていったようだ。

「なんだぁ」と小さく呟いて溜息をつく。

端末でネットのニュースを見たが、この事件についてはまだ報じられていない。しかし、成瀬舞花の名前で検索したところ、多数の書込みがヒットした。表の人集りや警察の規制などの写真もアップされている。成瀬舞花が無事だということは、どこかで発表されたのだろう、良かった、と呟いている人が多い。しかし、草元朱美の名前で検索しても、事件絡みのものは見つからなかった。今回の芝居の出演者を並べたものばかりで、新しい情報ではない。

草元朱美は、小川と同世代である。女優歴も長いはずだが、結局若いアイドルが前面に出て、彼女はその他大勢の共演者の一人となってしまう。寂しい現実ではないか、と思う。しかし、本当にこれは厳しい現実なのだ。野菜や果物は新鮮なものが美味しい。魚も獲れたてが美味いだろう。しかし、人間はそうではない。食べられるだけのものではない、ということだ。もう少しそれを大勢が認識し、抵抗した方が良いように思える。ただ、口に出して主張すると、絶対に誤解される。きっと、妬んでいるとか、僻まないように、と言われてしまう。まったく面白くない。

一時間くらい待った。その間に、階段を昇り降りする音が何度も聞こえ、また、エレベータも動き始めた。さらに、鑑識の制服を建物の中で見かけた。捜査が本格化したようだ。日付が変わった時間になっても、まだベンチに座ったり、通路を端から端へ歩くだけだった。眠くはない。仮眠を充分に取ってきたし、この時間は外で張込みをする予定だったので、それに比べればずいぶん楽な状況であることはまちがいない。

ようやく、牛田が現れた。ちょうど端末のモニタを見つめていたため、気づいたときには、三メートルほどの位置で彼は立ち止まっていた。忍者のように歩く能力を持っているようだ。

「小川さんのことは、中原刑事に説明しておきました。帰っていただいてけっこうですよ」低い響くような声で牛田が言った。

意外な言葉に、小川は少し驚いた。貴方から話を聞くために待っていたのだ、と言いたかったが、もちろん、笑顔を崩すこともなく、頷いた。それくらいには年季を積んでいるのだ。

「いえ、草元さんに責任を感じています」小川はベンチから立ち上がっていた。「事件は、どうですか？　目撃者は？」

牛田は、片手を差し出す。握手ではない、ベンチに腰掛けろ、という意味のようだ。小川は軽く頷いて、再び腰を下ろす。すると、牛田もベンチに腰掛けた。一メートル以上離れていたが、彼の香りがした。

「もうすぐ、正式に発表されます」牛田は小川を見て話す。「草元朱美さんは、稽古の休憩時間に殺されたようです。場所は、このビルの裏の駐車場。裏口から出て数メートルのところに倒れていました。発見時に、既に心肺停止。現場で蘇生措置を試みましたが回復せず、搬送先の病院で死亡を確認。そんなところです。これ以上、詳しいことは話せません」

「血が流れていたのですね？」

「そうです。雪は一センチほどでしたが、積もっていました」

「犯人は？　足跡が残っていたのでは？　うちの者が、午後ずっとここを見張っていましたから、裏口へ回った人がいれば、見ていると思います」

「どうも、外部の人間ではなさそうです。まず、争っていない。顔見知りである。外に残された足跡がない。刺されたのはドアの近く、あるいは室内。ドアの一帯は庇のため雪がない場所です。被害者は、そこから二メートルほど出ていって倒れた。おそらく、声も出なかったでしょう。ほぼ即死です」

「刺されたのですね？」

「あ、口が滑りましたね」

「犯人は、返り血を浴びたのでは？」

「そういうことは、今はなにも言えません」

「栂原恵吾さんの一連の事件との関連は？」

「それも、今はなんとも……」

「栂原さんは、いらっしゃったのですか？」

「ええ、上にいますよ」

「上に、何人くらいいるのですか？」

「お芝居の関係者だけでも三十人近く。警察関係はそれ以上にいます」

「その三十人の中に犯人がいる、ということですね？」

「そうとも限らないでしょう。建物の中を通って、既に外へ出ていったかもしれない」

「でも、表は見張っていました」

「出入りがあったのでは？」牛田は微笑んだ。「警察が来て、人が集まっているときに出た可能性もありますよ」

「そうか……、凄い人混みだったそうですから、見逃したかもしれませんね」

「正面玄関付近には、防犯カメラが設置されています。この通りには、ほかに幾つもありますから、ここから出ていった人も、必ず映っているはずです。すぐに犯人は見つかりますよ」

「だとしたら、いよいよ連続殺人事件が解決できますね？」

「うーん」牛田は唸（うな）った。「どうでしょうか？　これまでの事件に比べると、あまりにも、その、犯人にとって危険な条件です。切羽詰（せっぱつ）まっての犯行かもしれませんが、慎重で証拠を残さないこれまでの手口と比べると、そうですね、稚拙（ちせつ）としかいいようがない」

「そうですね。抵抗されたり、叫ばれたりしたら、誰かが駆けつけますよね」

「そういうことです。まあ……、小川さん、ご心配には及びません。警察がきっちり調べますので」牛田はすっと立ち上がった。「どうぞ、安心して、お帰りになって下さい」

「はい……」そう言われると、立ち上がるしかない。「あの、また、教えて下さい。依頼者が殺されたのですから、なにか、その、調べてほしかったことと、今回のことが関係しているかもしれません」

「ええ、可能性がないとはいえませんね」

「あの、梅原夫人は、こちらにいらっしゃっていますか？」

「いえ、いらっしゃっていません」牛田は首をふった。

「福森さんは、どんな感じでしょうか？　この建物に入るまで尾行していました」

「そうなんですか……」牛田は微笑んだ。「うーん、ショックを受けているように見えます。でも、役者さんですからね」

5

小川が自宅に戻ったのは、午前二時過ぎのことだった。眠れないのではないか、と心配したのに、どういうわけかぐっすり眠ることができ、しかも、いつもの時間に起床した。朝食を食べながら、端末でニュースを見た。

俳優の草元朱美が殺されたことが報じられていた。来週開演予定の芝居の稽古中のことだった、とある。現場では凶器が見つかっていないが、刺殺されたものと推定されている、とも記されている。牛田から聞いた話に加えられる情報としては、その凶器が見つかっていない、という点だけだった。

それから、昨日は気がつかなかったが、銀行からメールが届いていた。ログインして調べると、草元朱美から着手金の五万円が振り込まれていることがわかった。昨日の夕方、四時頃のことだった。仮契約に明記された金額である。

つまり、着手金を受け取ってしまったのに、調査ができないという状況になった。これは、気持ちの良いものではない。この調査のために、特別な設備を借りたわけでもないし、せいぜい加部谷が昨日使った分、くらいの支出しかまだしていない。計算をして、誰かに返金した方が良いのだが、しかし、彼女の身内といえば、福森宏昌になる。調査内容からして、依頼されていたことを彼に知られるのは、草元に申し訳ないような気がした。親戚関係か、それとも所属事務所か、どこへ返せば良いのだろう、と少し考える。それよりも、もらっておく方が波風が立たず、最も草元朱美にとって良い選択かもしれない、とも思える。

事務所には、いつもの時間に到着。昨日の雪はすっかり解けて、いつもの風景に戻っていた。気温も昨日よりも上がる予報である。既に加部谷が出勤していた。

「どうでした？」と小川の顔を見るなり、きいてきた。

殺人現場のビルの中に長時間いたわりには、ほとんどなにも見ていない、と小川は説明した。ニュースで流れていること以上の情報は、ほぼないに等しい。梱原恵吾の一連の事件、加部谷が雪上流血美女連続殺人と命名した事件に、今回の殺人が含まれるのかどうかも、微妙なところだ、という内容を牛田刑事が語ったことも話した。

いずれにしても、浮気調査は中止だ。依頼人がいなくなった。福森宏昌が今後誰とつき合おうが、浮気にはならない。

「まあ、雪の降る中、ゴージャスなディナでしたから、素敵な思い出になりました」加部谷が言った。「でも、殺人のことは、気になりますよね」

「特に、連続殺人との関係がね」小川は頷いた。「今回の事件が、それと関係があるのかはわからないけれど、誰かが模倣した可能性はあるかも」

「それは変ですよ。だって、公表されていない事件なんですから」加部谷は指摘した。

「私たちはたまたま、そのイケメン刑事さんから聞いて、知ったというだけで」

「いろいろな人に話している可能性はある」小川も指摘する。「私に話したようにね。だって、何年も捜査をしているんだから、関係者と思われる人は大勢いるし、刑事さんもいろいろなところで、事情を話しているはず」

「あるいは、犯人自身から話を聞いた、という可能性もありますよ」

「それは危険なんじゃない。話さないでしょう、絶対に」

「捕まらないから、自信を持ったのかもしれません。誰かに知ってほしいって思うはずですよ、自己顕示欲っていうんですか、そういうの、ありそう」

「なるほど……、やっぱり、事件のことをもう少し詳しく、牛田さんに聞かないと駄目かな」

「捜査に協力したいって話せば、教えてくれるんじゃないですか？　探偵なんだから守秘義務も心得ていますって、お願いするんです」

「そんな簡単にのってくるとは思えないけれどね」小川は頷いた。理性的に見れば、無(む)鉄砲(てっぽう)だし、非常識だが、加部谷の言うことに、気持ちとしては大賛成だった。

「ところで、お芝居の方は、どうなるんでしょうか？」加部谷がきいた。「今のところ、アナウンスされていませんね。主役じゃないから、代役を立てて、やるのかな？」

「演出家もスタッフも役者さんたちも、まだ、マスコミの前に出てこられないんじゃないかな」小川は言った。「どうしようか、今考えているんじゃない？　明日か明後日くらいに、合同インタビューとかになって、そのときに発表、とか」

「逆に、チケット売れますよね、完売ですよ、きっと。あっ……」加部谷が声を上げ、口の前で手を広げた。

「いや、それはないよ」小川は首をふった。

「まだなにも言っていません」

「宣伝のために殺したんじゃないかって言いたかったんでしょう?」

「ありえませんか?」

「ないない。それに、殺し方がさ、それらしくない」

「待って下さい。お芝居の中で、雪と殺人シーンがあったら、どうですか?」

「それは……」小川は想像した。「小説が原作ではないみたい。オリジナルだって聞いた。どんな脚本なんだろう? わからないよね。どこかで、調べる方法、あるかしら」

「そういうのは、純ちゃんにきいてもらったら、わかるかもです」加部谷が言った。「芝居の記事を書くために、だいたいのストーリィが知りたいって言えば、教えてくれそう」

「それは、良いアイデア」小川は加部谷を指差した。

「思うんですけど、連続殺人犯ではなくて、連続殺人を真似て殺されたんですよ。そうすれば、警察は栂原恵吾氏を疑うだろうっていう魂胆で」

「ちょっと甘くない、その推理は」小川が言った。「とにかく、私たちの仕事は殺人事件を解決することじゃないんだよ」

「じゃあ、今は何が仕事なんですか?」

「今は……、仕事は……、ない。ありません。だって、しかたがないでしょう。不可抗力なんだから」

「暇なんですから、ちょっと事件のことを調べてみては？　それを牛田刑事に話したら、親しみを感じてもらえるんじゃないでしょうか」

「なんで、そんな活動をしないといけないの？　いえ、事件のことを考えるのは、うーん、べつに良いと思う。調べるのもけっこう。でも、刑事と親密になりたいという欲求は……」

「ないのですか？」

「ありません」

「そうなんですかぁ？」

「何、その言い方。貴女、自分が彼氏ができたからって、そういう世話焼きはやめてほしい」

「彼氏？　できてませんけれど」

「だって、引っ越して、同棲しているんでしょう？」

「同居しているのは、女性です」

「え？　そう……、あ、そうなの？」

「あ、違います。勘違いしないで下さい。雨宮さんです」

「雨宮さんと、そういう関係なの？」

「違います。もう……」加部谷は椅子の背にもたれかかった。「そうじゃなくて、彼女は、私を哀れんで、援助してくれているだけです」

「ほほ」小川は変な笑い方をした。「哀れんで？　そのわりに堂々としているね」

「真面目な話です」加部谷は言った。そこで、両手を顔に当て、下を向いてしまった。

「どうしたの？」小川はきいた。「大丈夫？」

加部谷は顔を上げた。目が赤くなっている。

「なんでもありません。ちょっと、トイレに行ってきます」彼女は立ち上がった。声が震えているようだ。

「ごめんなさい、なんか気に障った？」

「いいえ。私、そのとおりなんです。哀れな女なんです」

「ちょっと、加部谷さん？」

加部谷は事務所から出ていった。トイレではなかったようだ。

哀れだって、私が言ったわけじゃないのに、と小川は思った。でも、人に言われるよりも、自分でその言葉を発した方が、むしろ悲しくなるのかもしれない、とは感じた。

溜息をついてから、お茶でも淹れて待つしかないな、と考えた。

6

加部谷恵美が帰ってくるよりさきに、鷹知祐一朗が事務所に現れた。

「あれ？　加部谷さんは……」彼は、空席の加部谷のデスクを見て言いかけたが、ドアが閉まらないうちに、加部谷が入ってきた。

「おはようございまぁす」加部谷は明るく挨拶をして、お茶を用意するコーナへ向かった。小川は、加部谷を数秒間観察したところで、鷹知に視線を戻す。午前中に現れるなんて、当然、草元朱美の事件のことだろう、とは思った。

「大変なことになりましたね」鷹知は小川に言った。「あそこに、いたのでは？」

「ええ、昨日が初日でした」小川は頷く。「でも、半日で終了」

「コーヒーでよろしいですか？」加部谷がきいた。鷹知はそちらを振り返り、頷いたようだ。小川も加部谷と目が合い、微笑むことができた。

「なにか、詳しい話を聞いていませんか？」小川は鷹知に尋ねる。芸能関係者や警察ともコネクションがある鷹知なら、事件の情報が伝わっているのでは、と期待した。

「いいえ、全然、なにも……。小川さんから聞こうと思って来ました。牛田刑事には、会いましたか？」

「現場で、深夜に」小川は答える。「でも、関係者の誰にも会っていません。ただ、何時間も待って、マスコミよりもほんのちょっとさきに事件の概略を聞いただけです。報道されている以上のことはなにも知りません」

「もう一度、牛田さんにプッシュしたら、話してくれますよ、きっと」

「そうなんですか?」小川は首を傾げた。さっき、同じようなことを、加部谷から言われたような気がする。

「そりゃあ、当日、その場では話せませんよ、ほかに仲間も大勢いるわけですからね。そうじゃなくて、改めて、ききにいくんです。こちらからアプローチしないと」

「そういうものなんですね」小川は、少々不満の口の形になっている自分を感じた。

「なんていうのか、教えてやろうかっていう感じに持ち上げてあげないと」鷹知はそこで軽く微笑んだ。「そうやって、刑事は情報提供者を開拓していくわけです。それがのちのち効いてくる、というか、その手法を先輩から受け継いでいますからね」

「探偵業も、こうやって受け継ぐわけですね?」小川は言った。

「いや、僕はそんなつもりは……」鷹知は片手を広げた。

「すみません、話の腰を折って」小川は、両手を広げてみせた。「でも、そういうタイプの刑事さんなんですか、牛田さんは」

「たぶん……。ただ、あの人は、ちょっとわからないところもあります。古いタイプとは違うようにも見えますね。とにかく、切れ者ですよ。将来、出世するんじゃないかなって……」

「鷹知さん、栂原恵吾さんの周辺のことで、なにか知っているのでは？　それとも、草元さんに関してですか？」小川はきいてみた。

草元朱美の依頼を最初に受けたのは、鷹知だった。それを、小川のところへ回した理由があるはずだ。時間的に余裕がないのならば、小川や加部谷に協力を求めれば良い。そうではなく、自分が関わらないようにしたのは、関われない立場にあったのだろう。

「こんなことになってしまった以上、黙っていても意味はないから話しますが……」鷹知は、そこで言葉を切り、息を吐いた。もともと、この話をするために来たのだろう。

「実は、栂原氏だけではなく、栂原夫人とも仕事上の関係があって、彼女が栂原夫人になる以前からだから、かれこれ六年ほどにもなります」

「仕事上の関係？　どんな仕事ですか？」思わず質問してしまった。

「いろいろですね。あの方は、方々で無茶なことをされて、常に弁護士が必要なんですが、その弁護士とも揉めるから、いつも新しい弁護士が出入りしています。ようは、いつも、その……、若い男を何人も侍らせておきたいタイプ。そういうことに、お金を惜しみなく使っています」

「鷹知さんは、交代させられない、のですね？」

「そういう関係にならないように気をつけていますから」鷹知は苦笑した。「危ないこともありましたけれど、絶対に一線を越えない、というのが、ポリシィですので」

「そうなんですか、初めて聞きました」小川は、驚いた顔をつくった。きっとそうだろう、とは思っていた。ちらりと、加部谷を見ると、彼女は口を開けて、本気でびっくりしている様子だった。

「それで、その、栂原夫人はですね、草元さんを辞めさせたかったんです。なにか良い方法はないか、という相談を受けました」

「やめさせたい？　何をやめさせたいのですか？」

「ですから、今回の『望郷の血』ですよ」

一瞬、何のことかわからなかった。小川は加部谷をまた見た。

「来週から始まるお芝居ですよ」加部谷が答える。「ポスタを見ませんでしたか？」

「ああ、知らなかった。全然インプットされていなかったぁ」小川は何度か頷く。「つまり、草元朱美さんを、役から降ろしたかったということ？」

「そうなんです。なんか、イメージが違っていて、彼女では駄目だという話を聞かされましたよ」

「どういう役だったんですか？」

「詳しくは知りませんけれど、劇中で刺されて殺される役だと聞きました」

「でも、演出の梱原恵吾さん自身が、出演者を決めたのでは？」

「そうだと思います。いえ、わかりません。ああいうものは、方々から推薦されるでしょうし、お金も絡むことです。事務所やスポンサや、あるいは主役級の役者さんとかからも、プッシュがあって、そういった力関係の結果で決まるものだ、と思います」

「出演が決まっていて、もうすぐ開幕という時期に、気に入らないと言われても困りますよね」

「梱原夫人の言い分は、稽古を見ていてはじめて、合わないことがわかった、というような……、まあ、そういう困ったことを言う人なんです。それで、ご主人にも言ったし、稽古場へ現れて、直接主張したりしていたようです。スタッフの人たちは、みんな知っているはずです」

「ちょっと待って下さい」小川は言った。「それって、もしかして、福森さんとの三角関係で、言い出したことかもしれませんね」

「当然、周囲はそう思ったでしょう。二人のことは、だいたい、みんなが知っていることですから」

「はい」加部谷が片手を上げた。「質問です」

鷹知も小川も、加部谷を見た。質問に許可が必要だとは思えないので、返事をしなかったが、注目されたことで、加部谷は納得したようだ。

「役を降りてもらうことよりも、同棲している恋人関係から降りてほしい、というような意味だったら、わからないこともないと思いますけれど、命まで奪おうとは考えないのではないでしょうか。嫌がらせくらいが、せいぜいじゃないかなと」

「そう思う」鷹知が頷いた。「それが、常識的な感覚だよね」

「それに、みんなが浮気について知っていることも、栂原夫人は認識しているはずです」加部谷は続ける。「稽古場へ来て、みんながいるところで主張したのだとしたら、なおさらです」

「うん、だから、どうしたの?」小川はきいた。「加部谷さんが言いたいのは?」

「栂原夫人が殺したわけではない、ということです」加部谷はそう言ってから、微笑んだ。いつもの元気な表情に戻ったようで、小川はほっとした。

「栂原夫人が殺したとは考えられない。だって、現場にいなかったんだから」鷹知は言った。「もし、いたとしても、なかなかできるもんじゃない。一撃で致命傷を負わせるには、ある程度の腕力も必要だし、彼女には無理だと思う。いや、そもそも、そんな血を浴びるような行為に及ぶような人だとは思えない」

「喧嘩をして、かっとなって殺したわけじゃない。計画的な犯行ですよね、明らかに」小川が補足した。喧嘩で言い争ったのだとしたら、周囲が気づいた可能性が高い。

「凶器が見つかっていませんし」加部谷が言った。

「ナイフと具体的に聞いたわけではありません。発表もされていませんよね」小川は答える。「発見されていないというような話を、ニュースで言っていました。そのあとの捜索で見つかったかもしれませんけれど」

「犯人は、ビルの中にいた人、つまり内部の関係者、芝居仲間の誰かですよね」鷹知は言った。「そういう状況で殺すというのは、もし計画的な犯行だとしたら、自分は疑われないという自信があった、としか思えませんけれど」

「一つ考えられるのは、雪です」加部谷がまた発言する。「雪が降っていました。東京の雪は、今シーズン初です。もしかしたら雪になるという天気予報は出ていたみたいですけれど、実際に降って、地面が白くなるほど積もるのを確認してから、実行した。滅多にない条件ですから、少々無理があっても、ゴーサインを出した」

「ゴーサイン？」小川は言葉を繰り返す。「自分に対するゴーサインね。うん、人が多くて不適切な状況ではあるけれど、次の機会にって延期すれば良いとは考えなかった」

ここで、会話が途切れた。小川は加部谷が話に加わってくれたことが嬉しかった。

「まあ、そういうわけで、今回の調査に関わりにくかった、ということでした」鷹知は言った。「人間関係が複雑で、そこに巻き込まれたくなかったので。いえ、小川さんたちは、大丈夫ですよ、巻き込まれたりしないから」

「鷹知さんは、抜け出せないのですか？」

「抜けると、また、とばっちりがありそうで怖い」鷹知は戯けた顔で首を横にふった。

「なにしろ、どろどろとした業界ですからね。つかず離れず、知らん顔をして、できれば、少しずつ離れていくしかありません」

7

数日がなにごともなく過ぎた。毎日、草元朱美の殺人事件は報道されている。ビルの五階にかつてダンス教室があり、その広い部屋が芝居の稽古に使われていた。また、四階の四部屋が役者やスタッフの控室となっていた。それぞれ、間仕切りなどを使って、細かく仕切っていたという。

稽古は四時頃から始まり、六時過ぎに一旦休憩となった。食事などをして、八時から再開の予定だった。草元朱美が控室から出ていったまま戻らないことを不審に思ったスタッフが、控室を回って探したが、見つからなかった。この建物は、室内は禁煙だったため、喫煙者は非常口である螺旋階段に出て、用意された灰皿を使っていた。演出助手が一人で煙草を吸っていたとき、階下から物音が聞こえ、手摺り越しに下の駐車場を見たところ、誰かが出口付近に倒れていた。

演出助手は、急いで螺旋階段を下りていき、草元朱美が血を流しているのを発見し、救急車を呼んだ。テレビなどで報じられているのは、こんな経緯だった。おそらく、関係者に取材をしたのだろう。警察からは、正式な発表はその後されていない。

『望郷の血』は、延期にも中止にもならなかった。演出の栂原恵吾が自らカメラの前で発表した。草元朱美の代役として、栂原沙保里が抜擢されたのだ。沙保里は、長く表舞台に立っていなかったが、関係者や夫のために引き受けた、とのこと。

マスコミは、彼女の復帰を大きく報じ、宣伝効果はそれなりのものとなっただろう。開幕まで僅かの時間しかなく、脚本や稽古の内容を知っていた身内が選ばれたのは無理もない、と周囲は感じたし、窮地を救うために引き受けた沙保里にも好印象をもたらした、とは週刊誌の記事であるが、こういった記事も、金を出して書かせるものだろう。鷹知がそんな話をしていたので、なにもかも見たまま、聞いたままを真に受けるわけにはいかない、と小川は思った。

加部谷は、関係者の中から犯人が見つかる可能性が高いのに、よく決行したものだ、と言った。代えられない役者が犯人として逮捕されれば、舞台には致命傷であるし、スタッフから犯罪者が出ても、中止になる可能性が高い。被害者を出すよりも、ずっと大きな責任を問われるからだ。

また、芝居の中で、雪の上で血を流す女性が登場し、その役が草元朱美だったことを、マスコミが突きとめた。栂原恵吾による脚本は公開されていなかったのだが、公演に合わせて、小説として出版が予定されていたのだ。印刷から上がってきたばかりのものを、週刊誌が入手し、内容が明るみに出た。

さらに、十二年まえに、栂原恵吾の前妻が殺された事件が掘り起こされることにもなった。今回と同じように雪の日だったこと、流血があったことなども取り上げられた。これは、報道番組ではなく、ワイドショーにとって絶好のネタとなった。

雪の上で血を流して倒れている女性は、ドラマなどでは珍しくないものの、現実の事件としては、実のところ多くはない。同様のシチュエーションで未解決の殺人事件が幾つか紹介されたが、普通は、このような目立つ場所で、しかも雪の日には実行されにくい。何故なら、足跡などの痕跡が残るし、逃走経路も限定される。衝動的な殺人であれば、ほとんどはすぐに犯人が逮捕される。といった条件によるものだろう、と加部谷が分析した。このような「まとめ」になると能力を発揮する彼女であり、小川も一目置かざるをえない。

そうこうするうちに、『望郷の血』の舞台が初日を迎えた。チケットは既に最終日まで完売とのことで、加部谷がネットで探したものの、結局手に入れることができなかった。

初日は、土曜日だったが、同じ日に、小川令子は牛田刑事と会うことができた。以前から、何度か連絡をしたのだが、事件のことで忙しい様子だった。会う場所は、彼が指定してきた店で、殺人現場のすぐ近くにあるスナックだった。

久しぶりに、多少しっかりとメイクをして小川は出かけた。加部谷には、出かけるときになって、〈牛田刑事と会ってきます〉とだけメールで知らせた。一応これは仕事だから知らせるべきだろう、と判断した。

ビルの地下にある小さな店で、小川が入っていくと、既に牛田がカウンタの席で待っていた。テーブルの席へ移動し、ソファに腰掛ける。ほかに客は一組だけ。カウンタの中には、老婆といえるくらいの女性が一人、ウェイタらしき中年の男性が一人、音楽はジャズ。場所からして、少し高そうな感じではある。

「ありがとうございます」小川はまず礼を言った。「お話がしたいと思っておりました」

「あまり、面白い話はありませんよ。聞きたいのは、草元さんの事件でしょう?」

「はい、そうです」

「直接担当していないので、あまり具体的に動けません。過去の事件との関連は、いちおう話題に上がっている程度ですね」

「栂原恵吾さんが、疑われているのですか?」

「いやぁ、さすがに、ちょっと無理でしょう。芝居の宣伝のためとか、奥さんをステージに立たせるためとかで、人を殺したりしませんよ」

「でも、雪が降ってきましたし、自分のイメージを実現するチャンスだったのでは？」

「大勢いたわけだし、部屋を出て、階段やエレベータへ行くと、誰かに見られる可能性がありました」

「裏の駐車場には、カメラが設置されていなかったのですか？」

「ありませんでした。駐車していた一台は、スタッフが荷物を運ぶために使っていたものだそうですが、ドライブレコーダもない」

「駐車場へのアクセスは、ビルの横を通る道路と、建物の中の通路だけですか？」

「そうです。あとは、周囲の建物から、無理をすれば可能かも。駐車場の周囲は高さ一・五メートルのブロック塀です。隣接しているのは、ホテルや事務所ビルで、裏口は一般の出入りは無理です。でも、たとえば、ホテルの客が二階や三階の窓からロープで降りたら、行けますね。戻れませんけれど。雪の上に足跡も残ったはず。そんなわけで、外部の犯行の線は、ほぼない」

店員が飲みものを運んできた。牛田はロックのようだった。小川は、ビールにしたが、見たこともないビールが、細いグラスに注がれた。軽く、乾杯をする。

「勤務中なのでは？」牛田は言った。

「いえ、プライベートです」小川は微笑む。

そこで、端末が振動した。モニタを見ると、加部谷からで、〈うわぁおぅ！〉とだけあった。

「最近、栂原恵吾さんが、しきりにメディアに顔を出されていますね」小川は話した。探りを入れてみた。「プロモーションと事件のことで、大変そうです」

「マスコミには、私が情報を流しました。つまり、過去の事件との関連を警察が追っているというようなことをね、それとなく……。少し圧力をかけてみようかな、と思いまして」

「効きそうですか？」

「さあ、どうでしょうか。鳴りを潜めていてくれた方が平和で良いのですが、それでは、事件は迷宮入りのまま」

「今回は、今までとは違いますよね」

「そうですね。違う犯人の確率が高い」牛田は、グラスを口につける。「もし、同じで、つまり栂原氏だとしたら、よほど焦っていたか、どうにもならない事情があったか、最後の賭(か)けに出たか、そんな様相ですね、想像できるのは」

「抽象的ですね」小川は言った。「でも、お芝居の脚本とも一致しているなんて、偶然というのは、やはり難しいと思います」

「雪が降りそうだから、急いで準備をしたと？」

「そうなりますね。なにか、そのシーンが特別な意味を持っているのでしょうか、犯人にとっては」

「ほかに、草元さんを殺すような動機を持っていたのは、福森宏昌くらいです。個人的なつき合いのある人はいません。草元さんは、役者仲間とはあまり交友がなかった。スタッフの人も、今回の芝居で初めてという人ばかりです。例外は、かって共演をしたことがある明知大河と、それから……、やはり一つまえの仕事で演出助手の新垣真一と一緒だった……」

「メモを取って良いですか？」小川はバッグを引き寄せる。

「あとで、メールを送りましょうか？」

「あ、お願いします」小川は口を結んでお辞儀をした。

「面白い人ですね。そんなに事件に興味がありますか？」

「そうですね。やっぱり、こんな仕事をしていると、少しは世間の役に立つことがしたくなりますから」

「ああ、そういう意味でね……」牛田は大袈裟に頷いた。

「普段は、不倫の調査ばかりで、何のためにこんなことをやっているのかって……。その点、警察は直接、世間のためになる仕事ですから、やり甲斐があるのでは？」

「うーん、そういうことは、どうかな、意識したことがありません。警察に就職したときは、多少あったかもしれませんが、たぶん、すっかり見失いましたよ」

「そうなんですか？　だって、正義のためではありませんか。犯罪者を見つけ出すのですから」

「そうですね。でも、効率が悪すぎます。殺人者は、一人殺して、そして自分は隠れています。被害者の周辺の人には迷惑というか、悲しみを与えることになります。でも、数は少ないし、損害も大きくない。それに比べると、もっと大勢の人たちに迷惑をかけたり、財産を奪ったり、人生を台無しにするような行為って、もの凄く沢山あって、多くのものは、犯罪と扱われていません。たとえば、戦争なんかがそうですね。それから、災害もそうです。どちらも、防ぐ方法があったはずなのに、それを怠った結果といえます」

「戦争も災害も、しかたがないと思ってしまいます、私は」

「殺人は、そうは思わない？　それは、どうしてですか？」

「どうしてでしょう。やっぱり、個人の勝手を許容できない、という怒りでしょうか？」

「殺人は、それがわかりやすいだけです。たとえば、無差別大量殺人などは、あれは災害だと諦めるしかありませんよね。殺人者を逮捕しても、なにも解決しません。同様の犯罪がまた起こることを防げるわけでもない。繰り返し、何度も、起きている。警察が正義を訴えても、全然効き目がありません。殺人を犯すような人の大半は、最初から覚悟をしていて、自分の人生を犠牲にしているんです。逮捕されても、むしろほっとするだけです。やりきったという充実感に満たされている人もいます。それに、犯人が逮捕されても、それが未来の犯罪の抑止にはならない。むしろ、真似をする者が出てくる始末です。どうですか？　虚しいと思いませんか？　どうしたら良いでしょうか？」

「どうしたら良いのか、私も全然わかりません。でも、とにかく目の前の悪事を正しく裁くようにすることが、一歩前進だと思います」

「偉いなあ、小川さんは」牛田は微笑んだ。「立派ですね。探偵じゃなくて、警官になれば良かった」

「駄目なんです、私、運動が苦手で……。やっぱり、体育会系じゃないと、なれませんよね？」

8

雨宮純は、梱原恵吾に何度かメールを出した。取材の申込みである。数回のインタビューをまとめて書籍にすることが目的で、週刊誌などのマスコミに情報を漏らすことはしない、と伝えた。過去に、大物作詞家の伝記的な本を上梓したことがあり、この点についての自己PRも付け加えた。

返事が届いたのは、事件から二週間ほど経過した日の夕方で、今夜なら時間が取れる、とあった。ちょうど、公演が休みになる火曜日だった。

すぐに、場所と時間の約束を取り付ける。彼の自宅マンションで、時間は午後九時から一時間と指定された。カメラマンを一人同行させる許可も得られた。

「え？　今からぁ？」加部谷は驚いた。「大丈夫なの？」

「さあね」雨宮はぶっきら棒に言った。「ついさっき決まった話だでね。あんたが駄目なら、俺一人で行くしかないでよ」

「行く行く。小川さんに連絡しておくね」

「カメラマンの格好をしていきゃあ。あ、その、いつもの格好でよろしい」

「嫌味」加部谷は笑った。「純ちゃんは、ドレスアップ？」

「するか、そんなも。いちおう、こちらの写真は送っておいた。若い女性だとわかった方が、受けてくれる確率が高いでな。そこらへんは、抜かりなくつけ込まな」

「危なくない？　そういうの。今夜は雪が降っていないから大丈夫だと思うけれど」

「さあ、さっさと回ししてちょ」

「まわし」加部谷が繰り返す。これは名古屋弁で、「支度」という意味である。

十五分後にマンションを出て、通りでタクシーを拾った。三十分ほどで到着する距離だ。

「まさか、返事が来るとはなぁ」雨宮は呟いた。「期待していなかったから、全然勉強してぇへん。あんたは？　本は読んだ？」

『望郷の血』の小説である。加部谷はちゃんと読んでいた。だが、全然面白くなかった。薄い本で、ストーリィも単純。演劇のために書かれた脚本から起こしたものだから、こうなるのはしかたがないのかもしれない。中盤の雪のシーンで女性が殺されるのだが、主人公の男女とは、あまり関係がない。ただ、犯人は主人公の男性で、あまりにも予想どおりというか、まったく捻(ひね)りがない。若い女性と愛し合ってしまい、まえの中年女性を排除した、という動機もありきたりだった。

「読んだけれど、どうってことなかったよ。駄目だと思う。この事件がなかったら、全然注目されなかっただろうし、栂原恵吾がビッグになるような気がしない」

「今も、ビッグとはいいがたい」雨宮が言った。「むしろ、苦労人という印象。映画ではのし上がれず、演劇に活路を見出そうとしている。田中沙保里と結婚できたことが、彼史上最高のイベントだな」

「田中沙保里は、彼の資産が目当てだったんじゃないの？」

「違うと思う。愛欲に目が眩(くら)んだか、自由にさせてもらえる寛容さを評価したか」

「冷静な目で見ているわけだね」

池袋駅に近い高層マンションだった。タクシーから降りて見上げると、地価も高そうだと実感できた。

「こんなところに住めるんだから、やっぱり資産家なんじゃない？」

「一時的に資産があっただけかもしれんよ。だいたいな、みんな借金しとらっせる。そんなのばっかしだでよ」

「そうなんだぁ。私もいつか百メートルくらい高いところに住みたいなぁ。見果てぬ夢だよね」

「わからんよ、そんなもん」

「純ちゃんが一発当ててくれたら、私、召使いになる」

「恥ずかしいこと言わんといて」

一階の受付にいたコンシェルジュに連絡してもらい、栂原恵吾の許可を確認した。部屋は二十七階らしい。二人はエレベータに乗った。

「二十七階ってのは、中途半端だな。大金持ちなら、もっと上の方だろ」

「ここなら、一階でも中途半端じゃないと思う」

「一階は、さっきの人みたいなスタッフのスペースだろ」

「ああいう仕事でも良いなぁ。いくらくらいもらえるんだろう?」

「英会話ができなかんよ」

「あぁ、そうかぁ……。容姿端麗だけじゃ駄目なんだ」

このジョークには、雨宮も笑ってくれた。

玄関に出迎えてくれたのは、栂原沙保里だった。そうか、休演日だから、彼女もいるのか、と思った。緊張して、加部谷は息を止めていた。すぐに、苦しくなってしまった。

金髪に近い長髪で、螺旋のようにロールしている。『ベルサイユのばら』だ、と加部谷は感じる。化粧も濃い。しかし、美人であることはまちがいない。年齢は三十代後半、としかわかっていない。ポンチョのようなファッションで、部屋着なのかよくわからなかった。セレブというのは、こんなふうなのか、と雨宮に尋ねたくなった。

彼女に案内され、通路を奥へ進む。一面に大きな窓がある部屋に通された。デスクに鬚の男性が座っていて、入っていっても黙ったまま、立ち上がりもしなかった。夫人にすすめられ、二人はソファの前に立った。加部谷が座ろうとすると、雨宮に鋭く睨まれ、腰を浮かせる。

夫人が部屋から出ていったところで、雨宮は一歩デスクの方へ近づき、お辞儀をする。「雨宮と申します。このたびは、インタビューをご許可いただき、本当にありがとうございます」それから、加部谷の方へ片手を向ける。「アシスタントの加部谷といいます。もし、よろしければ、お写真をいただきたいと思います」

「写真は、また今度ね」栂原がはじめて口をきいた。「顔を出すときは、多少は気を遣わないと」

彼は、ようやく椅子から立ち上がって、こちらへ出てくる。少し歩き方が不自然だった。どちらかの足を痛めたような感じでもある。片手で座るように、とすすめられたので、二人は並んでソファに腰を下ろした。

　栂原は、大きな肘掛け椅子にゆっくりと座る。そのときも、やはり片足を庇うようにした。こちらを向き、仰反るような姿勢で、雨宮を見て、続いて加部谷に視線を送った。それから首を左右に倒す。肩が凝っているような仕草だ。デスクでは、ノートパソコンに見入っていたようだから、仕事をしていたのだろうか。

「で、どんな方面の話題にしたい？」栂原がきいた。

「先生がお話しになりたいものをさきにお聞きしたいと考えます。これまでのキャリアでも、最近の活動についてでもけっこうですし、あるいは、この業界についての一家言などでも……」

「うーん、まあ、言いたいことがあれば、既に書いている。あまり、その、自分から話をするようなタイプではないんですよ。だから、適当に質問をしてもらって、それに答えていく方が、どちらかというと話しやすい。今日は、そちらの要望を聞いて、それでこの仕事を受けるかどうか、考えるつもりでしたが……、まあ、お二人を見て、追い返すわけにもいかないな、と今は思っていますよ。どうも、最近ね、無礼なマスコミ、特に週刊誌の記者がね、うん、多くて……」彼は大きく溜息をついた。「お若いのに、礼儀正しい。こういう文化がなくちゃあ駄目だよね」

「ありがとうございます」雨宮が猫撫で声で言って、頭を下げた。加部谷も釣られて下を向く。笑ってはいけないな、と息を止めて辛抱。「ありきたりの質問から、始めさせていただいてよろしいでしょうか？」

「ああ、あの事件のことでしょう？　うん、あれは、ショックだった。ああ、草元さんは無念だったろうね」

「無念というのは？」雨宮がきいた。

「殺されたら、誰だって無念でしょう？　殺されるなんて、想像もしていないんだから。あれがなければ、今頃舞台に立って、毎日殺される役だったんだけれど、本当に殺されちまったってわけですよ。いやあ、うん、人間ってのは、いつどうなるか、わかったもんじゃない」

「今回のお芝居の関係者が、殺人の容疑者として警察の取調べを受けたのだと思いますが、先生はどう思われましたか？　先生自身も、警察から失礼な質問をされたのではありませんか？」

「うーん、いや、そういうことはなかったと思います。僕は、ずっと自分の控え室にいて、知らせがあるまで、全然気づかなかった。なんか、騒がしいな、と思っていただけ。警察は、誰に対しても紳士的だったと思いますよ。あれは……、犯人は、外部から侵入したのでは？　我々はそう話しています。仲間で、あんなことをする奴は、いませんよ」

「草元朱美さんに出演依頼をしたのは、先生ですか？」

「そうです。まえの舞台を観て、ああいいなって思ってたから、打診したら、快諾してくれました」

「福森宏昌さんも、そうですか？」

「彼はね、えっと、誰が決めたんだったかなぁ。僕じゃない。草元さんの彼氏だってことも知らなかった。最近、それを聞いて、あ、そうなのってなりました。関係ないけどね」

「奥様が、代役を務められることになりましたね」雨宮が話を振る。

「そう、うん、スタッフが言い出してね、僕は、その、やめてくれよって言ったんですが、彼女が引き受けるとは思っていなかった……、ちょっと驚きました。もちろん、でも、助かりましたよ。中止せずにできた。だって……」

ドアがノックされたので、栂原は話を中断した。ドアを開けて、栂原沙保里が現れる。通路のテーブルに一旦置かれたトレィを両手に持ち、部屋の中に入ってくる。

「紅茶で良かった？」沙保里がきいた。

「あ、ありがとうございます」雨宮は立ち上がった。それを見て、加部谷も腰を上げる。忙しいことだなぁ、と呆れつつ。

お礼とか、遠慮とか、お世辞とか、恐縮とか、気遣いとか、それらすべてが渾然となった演技とかを応酬するという場面が、そういえば、就職して公務員になった頃にあった、と思い出された。今は、相手は女優である。雨宮もその方面のプロだ。自分は田舎から出てきたばかりの世間知らずの振りをするしか道はない、と加部谷は考えた。

ようやくソファに座ることができた。紅茶にはまだ手を伸ばしていない。熱いうちに飲んだ方が良いと思うのだが、ここでも、どうぞとすすめられるまでは我慢である。

「可愛らしいお二人ですね。お話を聞いていても、よろしいですか？」沙保里が仮面のような笑顔のまま言った。誰に尋ねているのかわからないが、視線は雨宮と加部谷に向けられている。

「ああ、かまわないよ」栂原が答えた。そうか、そちらへの問いだったのだ。「でも、写真は駄目だろう？」これは、妻にきいたようだ。

「そうしていただきますか」沙保里は笑顔のまま小さく頷いた。疑問形なのに、問いかけているわけではない。きっと専属のカメラマンが撮影して、しかも、上がってきた写真から本人がOKを出したものだけが使用可、といった具合にちがいない、と加部谷は想像した。カメラマンというよりも、デジタルで修整する腕を買われているのだから、グラフィックデザイナかもしれない。

「ちょうど、君が代役を引き受けてくれた話をしていたところだよ」栂原が言った。

「どんなご心境だったのでしょうか？　もしよろしければ……」雨宮は沙保里に促した。

「どんなというのか、そう、考える余裕もありませんでした。事件のことでびっくりしてしまい、朱美さんが可哀想で……、でも、彼女のために私にできることはないし、そんなときに、スタッフの方から、その、お願いされたんです。たしかに、今から新しい方を探す時間もないでしょうし、だって、脚本とか、どんなお芝居なのか、栂原の空気みたいなものも、知らない人に頼んだら、時間不足でぎくしゃくするに決まっています。かといって、延期するとなると、また大変でしょう？　場所のこともあるし、キャンセルしないといけないし、宣伝も最初からまたやり直さないといけないし……、なんだか、そんな沢山のことが、頭の中をぐるぐると回ってしまったの」

「結果的に良かった。最善の判断だったと思います」栂原が言った。「どうなることかという状況から蘇った、そんな感じだね」

「朱美さんがどんな演技をするのか、お稽古のときに見ていましたから。私はそのまま、彼女になりきって務めただけ。自分で役を作るところから始めたわけじゃないから、そんなに大したことではなかったと思います」

「いや、贔屓目を差し引いても、評判は良い」栂原が言った。「それに、草元さんとは、明らかに違う色が出ている」

「あら……、珍しい」沙保里は微笑んだ。「褒めてもらえることなんて、まずないんですよ。もう、失礼した方がよろしいわね」

沙保里は立ち上がった。

「ありがとうございました。また、改めて、インタビューをお願いしたいと思います」

雨宮も立ち上がって言った。

　栂原沙保里は、こちらを振り返ることもなく、軽く頭を下げ、部屋から出ていった。

「さてと……、今日のところは、これくらいにしておこうか」栂原は、両手を組んで言った。「初日から飛ばしてはいけない。もっと、お互いに時間を取って、そうすれば、きくことも、話すことも、熟してくる。そういうものでは？」

「はい、そうですね。いえ、お疲れのところお時間をいただき、本当に感謝いたします。質問の項目などは、改めて、メールで事前にお知らせするようにいたします。どのような日程で進めていくのが、ご都合がよろしいでしょうか？」

「そうだね、毎週火曜日の、うーん、夜の七時頃から、そう、二時間くらい、ではどうかな？」

「はい、わかりました」

「本になる量というと、三、四回やらないと駄目だね」

「そうですね、少なくともそれくらいは」雨宮は応える。「そういった構成についても、叩き台のようなものを作ってお送りします。ご覧いただいたうえで、ご意見を伺って、修正したいと思います」

「わかった。じゃあ、また来週、ここで」

「あ、あのぉ……」加部谷が片手を上げた。振り返った雨宮に一瞬睨まれた。「お写真は、いかがいたしましょうか？」

「写真かぁ、ないといけないかな？」

「表紙や帯にあると、アイキャッチになりますね」雨宮が言う。「特に、奥様とお二人ならば、読者は歓喜すると思いますが」

「まあ、その辺りはね、あとで連絡します。彼女の許可も必要だし」

9

「純ちゃん、栂原恵吾の本、出すの？」マンションから出たところで、加部谷はきいた。

「今日の感触では、いけそうだと思った」雨宮は答える。「五分五分かなって思っとったけど、夫人の話も入れたら、案外需要があるかもな。今は特に事件のことで注目されとるでね、急いで出した方が賢い。うん、さっそく出版社に売り込まなかんわ」

「連続殺人とどう絡めるのかで、だいぶ違うよね」

「そこはなぁ……」雨宮は顔を顰める。「難しいところだぞぅ。そちらへ話を振ったりしたら、怒られて、全部ご破算になるだろう？」

「関係ないと見せかけてインタビューして、本になるときに、それらしく書いたら？」

「駄目。出版のまえに、チェックされる。役者さんなら騙せるかもしれんけど、脚本家なんだし、出版の手順は熟知しているはず。著作権も生じるわけだし、内緒で暴露するようなやり方は不可能。それをやるなら、全文を自分で書かないと。インタビューからの引用もできん」

「ふうん、でもさ、本になるまでに、事件が進展するってことも」

「どう進展するかによるだろ？」

「だからさ、栂原さんが容疑者として聴取されたり、逮捕されたり、そうなったときの話だよ」

「うーん、そこまでになると、また、全然違うなぁ。犯人の手記みたいなものか。拘置所に面会に行って、インタビューを続けるとか……」

「仕事としては、美味しいんじゃない？」

「うん、そうだな」

「じゃあ、どこかで、お祝いをしない？」

「ああ、そう、ビールくらい飲みたいな」

駅の方へ歩くと、その種の店は選り取りみどりだった。二人は、居酒屋に入った。ビールのほか、三つほど料理を注文した。加部谷は、小川に結果をメールしようと思ったが、大したネタもなく、ただ栂原夫人とも話ができた、というだけのことなので、明日出勤して話そう、と思い直した。

「純ちゃんの一儲け（ひともう）を願って」加部谷は、そう言ってグラスを持ち上げた。

「たしかに、あんたと一緒だと、運がついてくるような気がするわぁ」雨宮が言った。

乾杯したあと、加部谷は、雨宮の言葉を考えた。このまえも、小川の事務所が請け負った仕事が、結果的に雨宮の印税になった。そのこともあって、彼女は引っ越したばかりのマンションに来ないか、と自分を誘ったのだろう、と加部谷は考えている。表向きは、貧相な加部谷の生活環境を憂（うれ）えてのことだと話したが。

加部谷自身としては、曲がりなりにも定職に就くことができたし、しかも思っていたよりも長く続けられそうだ。探偵事務所に仕事なんか、そうそう来ないだろうと思っていたのに、ぎりぎり途切れることもない。小川と自分が生きていける程度は稼いでいるのだ。それだけで、今は満足だった。雨宮はその十倍も儲（もう）けているはずだが、悋気（りんき）を抱くようなことはまったくなかった。素直に羨望（せんぼう）するだけ。学生の頃から、雨宮は周囲の憧れの的だったし、親しくされるだけで嬉しい存在だったのだ。

「どうしたの？」雨宮が言った。「黙っとると気持ち悪ぃ」

「ふふふ」加部谷は笑った。

「何が可笑しい？」

「可笑しくないよ。ちょっと嬉しいだけ」

「何がぁ？」

「何かな。今の生活というか、仕事とか、こうして飲めることとか、暖かい部屋とかね。職場の上司も良い人だし、友達にも恵まれているし」

「幸せな奴だよな、ホント」

「幸せだよぅ。純ちゃんは？　幸せじゃないの？　あ、きっと、望みが高いんじゃない？これくらいで満足してないって？　意識高い系だもんね」

「そんなことない」雨宮は首を左右にふった。「あんましな、そういうふうに、私は幸せかしらって考えるような暇がなかったな。なんか、押されて、流されてばっかで」

「へえ、そうなんだ」

「結局、給料がもらえる職場にはいられんかったしぃ、ちぇっ」彼女は舌打ちした。「その場その場の元気はあってもな、長い目で将来を見据えた展望なんてあらせん」

「ないの？」

「ありませんなぁ。お先真っ暗とは言わんよ。でもな、薔薇色には程遠い。まあ、だいたい灰色、ねずみ色だわさ。どうにかこうにか食っていけるのは、えっと、単に運が良いのか……」

「美貌のおかげ？」

「あかん。そんなもん、若いうちだけだにぃ」

「ほら、認めているじゃん、それって」

「うるさいな。君はな、加部谷。そうやって、なんでもずばずば本気で正直に言うだろう？　そういうのが、うん……」

「悪い癖だよね」

「違う。良い癖。そんな奴、おらんで、ホント、お上手ばっかり言いやがってよぅ、陰ではけちょんけちょんに言っとらっせる奴らばっかし。腹黒い奴ばっかし、情けなくなるわさ、ホント」

「よしよし」加部谷は言った。「聞いてあげるからね、いいんだよ、もっと話しなさい」

「栂原恵吾も、あの沙保里って女も、いけすかんわぁ。露骨に自分を売り込みたいだけ。金になりそうだから寄ってきとるだけ。ちょっと気に入らんことがあったら、何言い出すかわからんで。そんな感じだったろ？　ああいう手合い、まあ、多いんだ、ホント。急に怒りだしてな、え、この人どうかしたの？　て驚く暇もなくぅ、怒鳴られて、それっきりだ。何を怒られたのかもわからん。しかもな、女にしか怒鳴れんわけだ。男だったら喧嘩になって、逆恨みされて、反撃されるだろ？　それがないと踏んで、女に当たる。そんな奴ら、どんだけおると思う？」

「苦労したんだね」

「したわさ、まあ、ぎょうさんしたわ。はぁ……」雨宮は、大きな溜息をついたあと、一気にグラスを空けた。

店員が近くを通ったので、彼女はビールの追加を注文した。加部谷はまだ半分も飲んでいない。食べるものも充分な量だった。

「そもそもな、雪の上で殺されるの、なんで美女なんだぁ？　男じゃいかんのかって思わん？」

「うん、思った思った」加部谷は同調する。「そういう無自覚って、なんか自然にあるんだよね。男尊女卑が長いから」

「ＬＧＢＴとかもよぅ、男と女を区別してるから出てくる問題なわけで、最初からな、男も女もやめて、戸籍にも書かなええが、小さいときから区別せんときゃええだろが。ほれ、犬とか猫とか、わからんだろ、見た感じで雄も雌も同じだぎゃあ」

「そうだね。人間も、わからない人、増えてる。わざわざわかりやすくしているから、歪んでくるんだ」

「俺らが生きとるうちは、まあ無理だわな」

「え、そうなの？　そこは諦めているわけ？」

「うーん、どうしようもないわさ。くっそくだらん世の中だが、ここしかないでな、生きていく場所がよ」

新しいビールが届き、雨宮はぐっと半分ほどを喉に流し込んだ。

「ああ、美味いなぁ。今日は、というか、今日も奢りだでね」

「ありがとうございます」加部谷はテーブルに両手をついて、頭を下げた。「純ちゃんが男だったら良かったのに」

「あかん、だからぁ、それが間違いの根源だってば。そう考える根底に、差別がある」

「あ、そうか……、難しいね。染みついちゃってるんだ」

「そう。だから、意識して打破せなかん。打倒、打破」

「私が男だったら、純ちゃんにプロポーズしているかも」

「それもいかん。なんで、男がプロポーズするわけ？　上から見とるだろ、それ」

「どうして、こんな話になったんだっけ？」

10

たちまち一週間が過ぎた。小川の事務所は、なにも仕事をしていない。毎日出勤しても、ぼんやりと時間が過ぎる。お茶を飲み、二人でおしゃべりし、ときどきソファで昼寝をした。鷹知が、例の『望郷の血』のチケットを回してくれたので、小川が一人で観にいった。つまり、鷹知の分の一枚だったわけだ。加部谷も行きたかったけれど、ここは遠慮して譲った。

雨宮は、栂原へのインタビューと出版の準備のため、毎日パソコンに向かって唸っているので、ろくに会話もできなかった。加部谷は、雪と血の事件で、あれこれ検索していたが、新しい情報は特に得られていない。

小川は、牛田刑事と二回めのデートに行ったようだが、事件に関してはなにも話さなかった、と嬉しそうに語った。加部谷は、牛田刑事は独身なのですか、と尋ねたのだが、小川に睨まれただけだった。返事がないのは危ないのではないか、と思ったが、黙っていた。

だいぶ遅れて、パジャマとクッションをもらった。誰も使っていないロッカに、小川が入れたまま忘れていたからだ。もちろん、加部谷も忘れていた。もらったので、その日からパジャマを着てみたけれど、寒いな、というのが感想だった。しかし、新しい毛布を購入したので、ちょうどバランスが取れた。クッションは、炬燵に入って寝転がったときに、頭をのせているので、やはり枕なのである。

警察はその後、事件の捜査状況について発表していない。テレビのワイドショーでも、もう関連の話題は出なくなっていた。ただ、栂原の芝居は、別の会場で上演されることが決定した、とのニュースが流れた。収容人数が二倍ほどある会場だそうだ。それだけ、チケットが売れるという見込みらしい。

加部谷と雨宮は、火曜日の午後七時に、再び栂原恵吾のマンションを訪れた。

この日は、沙保里ではなく、若い男性が玄関を開け、案内をしてくれた。名乗らなかったし、栂原も紹介しなかった。アシスタントなのかマネージャなのか、雨宮も質問しなかった。

この日は、主に昔話に終始した。このような仕事をするきっかけを雨宮が尋ねたからだ。大学時代は映画に夢中で、映画監督になることを目指していた。しかし、脚本家としての仕事がさきだった。自分の名前で映画を撮るまでに二十年かかった、と話した。

脚本を書くことで、演劇にも活動範囲を広げた。映画はスポンサがなかなか見つからない。その点、演劇は比較的金がかからない、という理由からだったという。

「どちらも、やっていることは似ていて、役者は共通している場合も多い。融通が利くというわけ。まあ、テレビドラマもそうでしょう。やったことはないけれどね」栂原は話す。「僕のポリシィというのはシンプルで、テーマとか、ジャンルとか、なんだって良い、ただ、なにか新しいもの、なにか独自のものがあれば、それで良い。その意味では、完全な自己満足だね」

「具体的に、どのような新しさ、独自性ですか？」雨宮が質問した。

「それぞれの作品を組み立てるプロセスで、ふわっと湧き上がってくるもの。それだけ。本当にそれだけ。事前に、次はこれでいこうとか、いつもこれだけは譲れない、なんて決めない。常に、新しいものに取り組むような感覚を持っていることが一番大事だね。実際、いつまで経っても、自分は新人なんだ、と思っていますよ」

「今でもそうなんでしょうか？」

「もちろん」

「今回の『望郷の血』では、何が新しかったでしょうか？　湧き上がってきたものは、何だったのですか？」

「良い質問だね。今回は、やっぱり、あの殺しの場面の美しさだ。稽古のときに気づいて、大道具も照明も、全部バージョンアップして、音楽はやめた。静寂の時間を長く取って、強調した、精いっぱいね。見ている人たちが息を呑むような体験ができるようにね」

「なるほど。なかなかチケットが手に入らないので、まだ拝見できていないんですが、是非体験してみたいと思います」

「ああ、次の劇場でなら、チケット、取れるよ。手配しておきましょう。二枚ね」

「え、ありがとうございます」加部谷の方が声が大きかった。

一時間ほど自慢話を聞いたところで、ドアがノックされた。さきほどの若者が、トレイを持って入ってきた。まえと同じように紅茶のようだ。三人の前にそれぞれカップを並べ終わると、無言で部屋から出ていった。梱原は、この間まったく気にせず、話を続けていて、透明人間の召使いのように扱われていた。

「そんなわけで、だんだんと映画から演劇へ、乗り換えていった感じだね。ただ、僕の周囲の仲間たちは、不思議と変化しなかった。彼らも同じように、映画から演劇へ流れたから。やっぱり、日本では映画はもう、営業的に成り立たない時代になりつつあるといえる」

そこで、三人とも紅茶を飲む。少々の休憩となった。

「奥様とは、どのように出会われたのですか？」雨宮が、自然に切り出した。

「彼女は、映画というよりは、テレビドラマが中心だったけれど、やはり三十代になってからは、舞台が中心になっていたかな。だから、まあ、自然に近づいたというか、知り合って、うーん、五年くらいはなにもなくて、あるとき、じゃあ、結婚しようかということになった。どちらが言いだしたのかな。あまりしっかりとは覚えていません」

「結婚されたのは、五年まえですね。そのさらに五年まえからおつき合いがあったのでしょうか？」

「いや、正確ではない。もっとまえから、知り合ってはいたかも。おつき合いだったかどうかは、わからない。お互いの認識だって、一致しないでしょう？」

「奥様にお聞きしてもよろしいでしょうか？」

「もちろん」梱原は笑った。「なにも隠していることはありませんから。とにかく、お互いに、相手の自由を尊重しています」

これまでに、前妻の話は一度も出ていなかった。結婚という言葉も、これが初めてだった。沙保里は後妻であるが、前妻の死後二年ほどから、それなりのつき合いがあった、ということになる。

その前妻は、普通の死に方をしていない。雪の上で刺されて殺された。それは、今回の事件と類似している。警察だって、その点に触れたのではないか。栂原の記憶から消えているはずもなく、意図的に語りたくない内容であることは確かだ、と加部谷は思った。

「女優としての奥様は、いかがですか？　どのように評価されていますか？」雨宮がきく。

「それは、なかなか答えにくいけれど、まあ、素直に言ってしまえば、あれは天性のものでしょう。彼女は、生まれながらにして女優、それも一流のね。怖くなるほど役に入り込む。狂気すれすれの、それでいて、不自然でもなく、現実味を充分に帯びていて、まあ、初めて見たときは、正直たまげた。錯乱した演技をさせると、見ている人も確実に錯乱しそうな精神状態に連れ込まれる。そんな同化性というんですかね、あれは、男ではできない演技だ。女性ならではのものでしょう」

「映画よりも演劇に向いている、と思われますか？」

「あ、そう、確実にね。生で見てこそ伝わる迫力だから。テレビドラマでは、それが生かされなかった。脇役でいくら光っていても、視聴者には見てもらえない。カメラがアップにしませんし、声も遠い。やっぱり、水が違うってこと。彼女が生きる水が、あるんですよ」

「今回の『望郷の血』では、もともとは奥様の出演を、お考えにならなかったのでしょうか？」

「ああ、それはね、彼女の問題なんです。しばらく、仕事をしたくないと言っていた。のんびりしたかったのだと思いますよ。そういう年齢かもしれないし、僕だって、そろそろのんびりしたい。この芝居が一段落したら、しばらく、旅行でもしようかと考えています」

「どちらへ行かれる予定ですか？」

「いや、予定なんてない。ただ、そう、船旅が良いかな。世界の海をぐるりと回るみたいなの」

「よろしいですね」雨宮は微笑んだ。「でも、しばらくは、つぎつぎ仕事の依頼が入るのではないでしょうか？」

「このインタビューで本を出して、そのプロモーションの話かな？」

「もちろん、そういうことも」

「どれくらい出るものかな？」

「出る、というと……」

「発行部数だよ」栂原は口を斜めにして笑った。「出版不況だからね、あまり多くは望めないだろうね」

「そう、ですね、ちょっと読めませんけれど、はい、できるかぎり、プッシュするつもりですし、出版社も頑張ってくれると思います」

「そりゃあ頑張るよね、儲けに直結しているんだから。はぁ……」彼はそこで溜息をつく。「あの事件で話題性があるというのは、まあまあの好材料だけれど、私には直接関係がないから、どんなものかな……。あ、そうだ、テレビのワイドショーなんかで、昔の事件を持ち出しているじゃないですか。ああいったことの関連で、部数が伸びると思う？」

「はい、先生には迷惑な話だと思いますけれど、やはり、大衆は興味本位というか、テレビで取り上げられた回数、顔を出した回数が、部数に直結するようです。売れる売れないは精確に読めないにしても、そういった数字を基に出版社は計算します。ですから、初版部数を決めるのは、印象の良い悪いに関らず、とにかく話題性です。情けない話ですけれど……」

「いや、情けなくはない。どんな商売も同じだ」梱原は言った。「出演依頼を断らないようにしないといけない。書店でサイン会とかもするのかな？」

「出版社が、是非お願いしたい、と言ってくるかと」

「講演会の方が、どちらかというと良いけれど」

「わかりました。そのように伝えておきます。出版社は、喜ぶと思います」

「エンタテインメントの業界にいるんだから、当然ですよ」

「ありがとうございます」雨宮は頭を下げた。こういうのは素直な反応といえるな、と加部谷は思った。

第3章　続かない暗転

操作、威圧、支配。これが暴力的連続犯の三つのスローガンである。彼らがおこない、考えるすべてのことは、他（ほか）の点では適応力のない彼らの生き方を充足させる方向へ向いている。

1

雨宮純のメールアドレスに、『望郷の血』の電子チケット二名分が届いたのは、インタビューの三回めが終わった数日あとだった。既に、最初の会場での公演は終了し、次の週末から、新たな会場で再演となる予定だった。届いたのは、その二日めの日曜日のチケットだった。

「日曜日って、凄いね」加部谷は言った。「もしかして、案外、売れてないってことなんじゃゃない？」

「そこまで悲観的に捉えたら、ちょい可哀想だわさ。たぶん、招待枠があったんだと思う。マスコミ関係を招待するためのね。なるべく早く取り上げてもらいたいから、初日か二日めにするわけだ」

「なぁるほどぅ」加部谷は頷いた。「私たち、マスコミ関係なんだね」

「チケットは、けっこうよく売れているみたいだよ。そういう数字が発表されとった。面白いのかなぁ、加部谷から聞いたストーリィじゃあ、そんな感じ全然せんかったけど」

「やっぱり、成瀬舞花だからじゃない?」

「いやぁ、違うと思うな。それだったら、もっとまえから話題になったはず。そんなにテレビとかでも取り上げとらんでしょ」

「じゃあ、復帰した栂原沙保里?」

「どっちかといやあ、そっちだと思う。主演の明知大河は、どっちかといやあ、落ち目だでね。栂原恵吾なんて、一般には、名前が売れてぇへん」

「クールな評価だね」加部谷は笑った。

マンションのキッチンで、トーストを焼いて食べていた。加部谷は、バターもジャムも丁寧に塗ったが、雨宮はなにもつけずに食べている。飲みものは、加部谷がヨーグルトドリンクで、雨宮は烏龍茶だった。この差が積み重なるのかもしれないな、と加部谷は思ったものの、すぐに、気のせいだ、と思い直した。

警察の捜査状況は、今は小川が牛田刑事から聞いた話として、断片的に伝わってくる。概略としては、進展していない。容疑者が数名挙がっているらしい、というだけで、誰なのかは不明。そんな情報が外部に流れるわけがない。おそらく、誰かの個人的憶測が伝わっただけだろう。

「具体的に名前は挙がっていないけれど、疑われているのは、福森宏昌さんと、えっと、演出助手の新垣真一さん」加部谷はポケットから出した黄色の付箋を見ながら言った。「新垣さんは、草元さんと知合いだったし、非常階段から目撃したって話している。でも、見たときは一人だった。しかも、第一発見者」

「そんなもん、捜査せんでも最初からわかっとることだがね」雨宮は、もう食事を終えたようだ。「まあええわ。そもそもさ、草元さん、何しに駐車場に出てかした？」

「さあ、なんでだろうね、その話は聞いていない。普通に考えたら、誰かに呼び出された？　みんなに聞かれたくない話をする必要があった。その呼び出した人か、話をするつもりのもう一人が殺人犯」

「どうやって呼び出すの？」雨宮がきいた。「こそっと耳打ち？」

「内部の人ならそうだね。電話とかを使ったら、あとでばれちゃうから。えっと、外部の人の場合は、あらかじめ、約束をしておいた。この時間に、ちょっと裏へ出てきて、みたいな」

「めちゃくちゃ怪しいじゃん、そんなの。普通、行かんだろう一人で」

「いやいや、殺されるなんて思ってもいないわけでしょ？　たとえば、恋人とか、ちょっと会いたいとか、顔を見たいとか、そんなことでも、呼び出せるんじゃない？」

「いや、無理だと思う」雨宮が首をふった。「殺す動機を持っとることは、なんとなく伝わるもんだ。一種の緊張関係っていうかさ、危ない感じ、あるだろ？　そういうの」

「そういう憎くて殺したいという動機じゃないかもしれないじゃない」

「憎くないのに殺すって、どういう動機？」

「うーん、アートなんだってば」

「ああ、そっちね」雨宮は鼻から息を漏らす。話しながら、出ている食器を片づけつつあった。「雪上流血だから、アートなんだ。勝手にしやあせって感じ」

「そうだと思うなあ、私は」加部谷は急いでトーストを食べる。飲みものにも手を伸ばした。「そうじゃなきゃあ、十年以上も続かない。間を空けて、場所も変えて、機会を窺って、そんなことができるのも、個人的な憎しみとは無関係だからなの。違うかなぁ？」

「うん、まあ、理屈はわかる」雨宮は頷いた。そう言いながら、自分の部屋へ入っていった。話はこれでお終(しま)いらしい。

まだパンもヨーグルトも残っていたので、一人でゆっくりと食べた。食べる速度が違いすぎる。口の大きさとは思えない。見た感じ、違わない。口の内容積の差か、と考えた。それよりも、喉の太さかもしれない。

その一時間後、加部谷は事務所に出勤した。珍しく、小川令子が既にデスクにいて、パソコンを開いていた。パソコンを見入るときには、メガネを上げるのだが、加部谷が入っていくと、そのメガネを戻した片手がまだ残っていた。

「おはようございます」加部谷は挨拶をしてから、ロッカへ行く。「『望郷の血』の招待券が手に入りましたぁ。今度の日曜日に雨宮さんと観てきます」

「そう……、つまらないわよ」小川の声が聞こえる。

お茶の用意をしてから、小川を見た。メガネを上げて、モニタに顔を近づけていた。

「何を見ているんですか？」

「『望郷の血』がね、ネットにアップされているの」

「え、どうして？」

「無断でやったんだと思う。いかにも、客席から撮った感じ。音が小さくて、不鮮明」

「へぇ……、それを見直しているんですか？」

「うん、やっぱり、雪の殺人シーンが気になって。牛田さんの話だと、あの事件の日に、実際に本番で使うのと同じ血糊(ちのり)を使って、稽古をしたんだって」

「え、そうなんですか？　どんなふうに血が飛ぶのか、試したとか？」

「ナイフを刺す役は、主人公の明知大河。血は、どちらが持っているんだろう？」

「たぶん、刺される方でしょうね」加部谷は言った。「ナイフで刺す役は、ナイフを握っているから、無理ですよ。刃は引っ込むようになっているんでしょう？」

「そのナイフに、血が仕込まれているんだと思ったけれど、違うの？」小川が言う。「牛田さんにきいてみないと」

「また、会うんですか？」

「うん、今夜」

「わぁお……。ホットですね」

「ホット？　そんなんじゃありません。私はクールな女ですから」

「いえ、ホットでも良いと思いますよ」

「えっと、殺される役の人が血糊を手に隠し持っていて、ナイフで刺された場所に手を当てて、血を出すわけね。それだと、あまり飛び散らないのでは？」

「風船みたいなものに入れておいて、破裂させたら、飛び散らせることもできるんじゃないですか？」

「そうか、その手があるか。とにかく、それを草元さんが、あの日の稽古でやったらしいの。だから、被害者は、殺されるまえから血まみれだった。その格好のままで歩いていた。もちろん、誰も驚かない。知っているからね」

「ホットですね、その状況は」

「それで、どういうわけか、一人で一階へ下りていった。誰もついていかなかった。みんなは五階か四階にいた。彼女は、四階からエレベータで下りていった。誰も一緒に乗っていなかった。見ていた人は、外へ買いものに出るには、あの格好じゃまずいんじゃないかって思ったらしい。そういう証言があったそうです」

「表の通りへ出るつもりはなかった、ということですね。その血まみれのままで、一階の裏口側へ行って、そこで本当にナイフで刺されてしまったんですね」

「そう、そうなんだ。だから、発見者の演出助手も、最初は刺されたとは思わなかったって。本当の血が流れていたのにね。雪の上で倒れていて、具合でも悪いのか、というくらいにしか思わなかった。彼は五階の非常口の外から見下ろして、草元さんが倒れるのを目撃しているから、転んで、どこか頭でも打ったのか、と思ったって話してるそう」

「犯人は、一階にいたんですよね。あ、いえ、二階か三階かもしれませんけれど」

「犯人がエレベータを使った形跡はない。エレベータは、草元さんが乗ったあと、そのまま一階で止まっていたという話。四階でも五階でも、エレベータの前は少し広くて、人が屯（たむろ）していたから、動けば気づいたはずだって。エレベータや階段からは、関係者の指紋は採取されているけれど、それ以外に新しいものは見つかっていない。部外者ならば手袋をしていたと推測される。これは、建物全体でも同じで、部外者が侵入した形跡は見つかっていません」

「寒かったから、手袋をしていても、怪しまれませんよね」

「大道具の人なんか、普段から軍手をしているみたいだし」

「それで、警察は、手を焼いているわけですね」

「まあ、内部の犯行であることは、ほぼまちがいないだろう、と警察は見ているらしい。外部から入って、建物の中を通り抜けたとは考えにくいでしょう？」

「表では、私たちも、ファンの人たちも、ずっと目を離さなかったから、不審な人がいたら、覚えていますよ。お弁当屋さん以外には、誰も入っていきませんでした。でも、ずっと以前から建物の中に潜んでいた可能性があります。それで、警察が来たあとに、騒ぎに紛れて、出ていったとか。ありえませんか？」

「警官が見逃さないでしょう、そんな」小川は首をふった。

「うーん、たとえば、警官の制服を着ていたら、出ていけるんじゃないかなぁ」

「そんな危険なことをする？　もし見つかったら即アウトだよ」

「あ、そうだ！」加部谷は立ち上がった。「お芝居に、警官は出てきませんでした？」

「ううん」小川は首をふる。「出てこない。それ、私も考えた」

「駄目かなぁ……」加部谷は椅子に腰を下ろす。

「それよりは、裏の駐車場を通る経路の方が有望。有望っていうのは、不謹慎か」小川は笑った。「でも、雪の上に足跡が残るし、螺旋階段から見られてしまう」

「ひとまず、一階のどこかの部屋に隠れて、救急車とかが来て、足跡だらけになったあとなら、裏から出ていけると思います」

「鑑識が見逃すと思う？」小川はまた首をふった。

「そうなると、もう順当な推理しかなくて……、内部の関係者の誰かが、こっそり階段を下りていった。屋内の階段か、外の螺旋階段の二経路ですね。殺したあとも、こっそり四階か五階へ戻った。大勢いても、休憩中で、トイレに行ったり、お弁当を食べたり、ばらばらな部屋にいたでしょうから、誰もほかの人の行動を気に留めなかった。もし、下りていくのを気づかれても、いくらでも言い訳ができるし……。あ、そうだ、草元さんは、お弁当を食べたあとだったんですか？」

「いいえ、食べていなかったみたい」小川は答える。

「ちゃんと、そういう話を牛田刑事としているんですね」

「仕事ですから」小川は微笑んだ。わざとらしい演技である。

「そうなると、時間的にも余裕がありますよね。草元さんが一階へ下りていったのは、休憩時間の前半、早い時間だった」

「でも、演出助手が煙草を吸いに非常口から出たのは、食事のあとだったそう」

「ほら、時間的にずれていますよね。五分より、もっとかな、十分くらい。草元さんは、誰かに会っていたんです。そこで相手がナイフを取り出したから、通路を逃げようとした。出口の付近で刺されて、なんとか外に出たけれど、そこで息絶えた」

「そうね、そうだったんだと思う」小川は頷いた。「だけど、それだと、犯人は、雪の上で血を流す美女を演出しようとしたわけではない。今回の殺人は、一連のものとは違うということになるよ」

「うーん、ちょっと残念な気もしますけれど、そうかもしれません。犯人が失敗した可能性もあります」

「失敗した？　ああ、脅かして外へ出てから、刺すつもりだったけれど、その手前で抵抗されて刺したってこと？」

「おかしいですね。外が見えない状況で、そんなことしませんよ。駐車場に誰かいるかもしれないんですから」加部谷は腕組みをした。「うーん、犯人は、外に誰もいないことを、あらかじめ確かめた。あるいは、知っていた。あ、裏口のドアは、外が見えるんですか？」

「あのさ、ここで二人で話しているよりも、現場を見にいかない？」小川が提案した。

「そうしましょう」加部谷が元気良く立ち上がった。

2

殺人事件から、既に半月以上が経過している。警察の鑑識捜査はもちろん終了しており、立入り禁止の規制も解かれている。久しぶりに、加部谷と小川は、その場を訪れた。斜め向かいの劇場にあった『望郷の血』のポスタは外されている。まだ午前中ということもあり、繁華街も閑散とした雰囲気だった。

現場のビルは、特に変わった様子もない。一階の窓は磨りガラスなので内部は見えない。軽くノックをしてからドアを開けようとしたが、施錠されていた。今は、内部は使われていないのかもしれない。

右手へ回って、敷地内のアスファルト道路を奥へ入る。こちら側の壁には、空調の室外機や、換気扇、設備関係のものと思われる配管が目立つ。一階には窓はなく、二階以上には、小さくて鉄格子が取り付けられたものが一つずつあるだけだった。人が出入りできるとは思えない。

奥へ進むと、駐車場が見えてくる。この角に近い位置に螺旋階段がある。駐車場には、車が一台もなかった。周囲はブロック塀で、隣接するビルが迫っている。塀は乗り越えられない高さではないものの、向こう側に人が入れるような通路はなく、説明で聞いたとおり、上階から飛び降りるようなことでもしないかぎり、駐車場へ入ることは無理だろう。こちらから出ていく場合は、さらに難しい。ロープなどを使って、それこそサーカス並みの超人的能力を発揮する必要がある。だが、そういった道具を使った痕跡も、周辺からは発見されていないそうだ。

草元朱美が倒れていた場所は、すぐにわかった。血の跡とはわからないが、少し黒ずんでいて、オイルが染み込んでいるような部分があった。アスファルトなので、駐車スペースを示す白線以外は黒い。しかし、その黒さの艶(つや)というのか、埃(ほこり)っぽく燻(くす)んだ、その燻み方が異なっていた。血痕(けっこん)を洗い流すために洗浄もしたのだろう。かえって、周辺よりも綺麗になっている。

建物の裏口から二、三メートルほどの距離である。裏口のドアは両開きで、窓は網入りの磨りガラスだった。このドアも施錠されていた。裏口に面した窓がほかに二つあったが、いずれも鉄格子があり、ガラスは透明ではない。つまり、明るいか暗いかがわかり、窓のごく近くまで接近した人影くらいならわかるかもしれないが、建物内から駐車場の様子を詳細に知ることはできないだろう。

「このドアを開けないかぎり、外に誰もいないことは確認できない、というわけか」小川は言った。

ビルを見上げると、こちらの面にはベランダなどはない。窓は比較的多い。どの部屋からも、駐車場が見下ろせる。ただ、草元が倒れていたような建物に近い位置を見下ろすには、窓から身を乗り出さないと無理かもしれない。いずれの窓も、カーテンかブラインドがかかっているのがわかった。

わざわざ足を運んでわかったことは、建物の一階にいる者には、外の様子がわからない、ということだけだった。

お昼が近づいていたので、以前にもランチを食べたカフェに二人は入った。同じような時間だったが、今回は十一時を過ぎているので、すぐに注文ができた。

「私たち、何をしているんだろう」小川が呟いた。といっても、不機嫌そうな顔ではない。「事務所を空けて、頼まれてもいない事件のことを調べているんだね」

「着手金をもらった依頼者への供養だと思えば、少し納得できませんか？」

「良いことを言うね。でも、客観的にいって、自己満足」

「雨宮さんは、新しい仕事にありついたので、私たちに感謝してくれるはずです。ケーキくらい奢ってくれますよ」加部谷は言った。「彼女の本が売れるためには、過去の事件を調べる必要があります」

「雨宮さんが、私たちに調査を依頼してくれたら、良いかも」小川は言った。

「あ、そうですね。きいてみましょうか？」

「冗談だよ」小川は笑った。「そういう関係は好きじゃない。私が悪かった。冗談でも言っちゃあ駄目だ」

テーブルに料理が届いた。加部谷の前に来たのは、お子様ランチのようなワンプレート。小川は、ごく普通の定食風だった。

「私が見た感じですけど、栂原恵吾さんは、人当たりが良くて、いかにも裏がありそうな人物です」加部谷は話す。「お芝居が当たるか当たらないかも、自分にいくら入るのかも、けっこう気にしていて、打算的な面が窺えますから、もしかしたら、今回の事件は、過去のものよりも、そういったビジネスライクに実行された可能性があるのかもしれません」

「ビジネスライクかぁ」小川は、箸を持ったまま、窓の方を見て顎を上げる。空を見ようとしているような視線だった。「そんなことって、あるのかなぁ？　私には理解できない。でも、私が理解できないものは存在しない、とはいえないか」

「理解しがたいもの、いっぱいありますよ」加部谷は言った。「でも、少なくとも、それを実行している人にとっては、意味もあるし、無理をしてでもやらないといけないことだったりする、と思います。最初は、それほどでもなかったのに、強迫観念みたいなものが、だんだん強くなってくるんですよ、きっと」

「でも、その、えっと、雪上流血美女連続殺人？　それって、あまり連続していないよね。わりと間の時間が長く空いている。牛田さんも、そう話していた」

「犯行がエスカレートしていない、という意味ですか？」

「私たちが知らない、もっと沢山の事件があるのか、ほかの吐口(はけぐち)があるのか、とにかく、その連続殺人犯は、よくコントロールしているわけ、自分自身を」

「今は、写真のほかに、動画も簡単に撮れるし、それを一人で繰り返し見て、満足しているんじゃないですか？　その意味でも、殺人の劇場を作っているし、シーンをイメージして、舞台を用意していますよね」

「加部谷さん、今度、牛田さんと話をしない？」

「え、お邪魔は、ちょっといやです、気を遣います」

「もとはといえば、鷹知さんが紹介してくれたんだから、彼も呼んで、そういう議論の場を設けましょうか。うん、それは良い考えだわ。みんな忙しい人たちだから、スケジュール調整は、私がやりましょう」

「純ちゃんも呼んでもらったら、喜ぶと思います」加部谷は言った。

「ええ、そうだね。もちろん大歓迎」

食べ終わったあと、小川は鷹知と牛田にメールを送った。二人とも、すぐに返事が来て、特に牛田は、〈今夜でもOK〉とのことだった。また、鷹知は、電話をかけてきて、小川が今夜はどうかと話をつけた。時刻は八時から、と決まった。それを見て、加部谷は雨宮に連絡した。こちらは、ちっとも返事がないので、じれったくなって電話をかけた。

「ごめん、寝とったとこ。うーん、栂原さんの企画で、出版社に提出するやつとかで」

「あのね、今夜時間あいてない？」

「知っとるでしょう？　いつでもあいとる、永遠のアイトル」

「えっと、鷹知さん、牛田刑事、小川さんとお話しするの」

「へえ、牛田刑事って、イケメンで、小川さんがぞっこんだっちゅう？」

「あのね、それは内緒」

「わかったわかった。うん、行く行く」

「八時からだよ」

「何時でもええ」

「じゃあね」

電話を切った。小川がこちらをじっと見ていた。

「もしかして、聞こえました？」加部谷は上目遣いになっていた。

「ううん、聞こえないよ。何が内緒なの？」

「なんでもありません。あの、純ちゃんもOKです」

「そう、じゃあ、五人か。場所はどこにしよう？」

「ここは？」加部谷は、指を下に向ける。「ここって、夜はアルコールも出しますよね？」

「うーん、まあ、居酒屋とかより、静かで良いかな」

小川は立ち上がり、店員がいるカウンタの方へ歩いていった。予約をしようというつもりなのだろう。

3

鷹知祐一朗は、改札口を出たところで待っていた。彼は、殺人現場がどこなのか知らない。現場近くで、福森宏昌が泊まっているホテルの向かいのカフェと知らされても、まったくわからなかった。

近くへ行ったら電話で尋ねるつもりで出てきたのだが、電車が二つ手前の駅に停車するとき、牛田刑事らしき人物が乗り込もうとしている姿を見た。自分よりも二両ほど後ろになっただろう。そこまで移動するには混みすぎていたし、また降りたプラットホームでも、立ち止まって待つには、人の流れが速すぎた。もしかしたら、別人の見間違いかもしれない、と思いつつ、とりあえず改札まで来てしまった。だが、思ったとおり、牛田本人だった。

「お久しぶりです」鷹知は頭を下げる。電話やメールでは話しているが、会って顔を見るのは半年振りくらいになる。

「ああ、どうも」牛田も僅かに微笑んだ。「小川さんを紹介してもらったのは、良かった。

少なくとも話し相手ができた。署内では、誰も関心を持っていないから」

「草元さんの事件があっても？」

「いや、完全に別ものとして扱われていて、私は蚊帳（かや）の外」牛田は舌打ちした。「報告書を読んでいるだけで、何をしてるんだって言われる始末です」

「そうなんですか」

「簡単に解決できると思っていたんだろうね」歩きながら、牛田は続ける。「だって、容疑者は絞られているし、発見も早かったし、見たところ、完全に怨恨（えんこん）。物取りではない。ちょっと話を聞いたら、目星がつくと思っていた。ところが……」そこで、牛田は口を歪める顔で黙った。

「たぶん、福森宏昌さんですよね、一番に疑われたのは」鷹知はきいた。

「そう、彼には、可能だった。というより、あそこにいた、ほとんどの人間が可能だった。ただ、動機がありそうなのが、福森だけ。といって、それだけじゃあ、しょっぴけない」

信号で横断歩道を渡り、繁華街のゲートを潜って、先へ進む。木曜日の夜だったが、行き交う人の数は少なくない。人の声や、車の音、どこからともなく漏れ聞こえる音が入り混じり、賑やかな雰囲気である。今夜は、風もなく、それほど寒くはない。

「小川さんは、面白い人だね」牛田は話題を変えた。「熱心なんだ、とにかく。事件に首を突っ込むのは、どうしてなんだろう？」

「いえ、私にはわかりません。今日会う、もう一人の若い子も、熱心ですよ。何でしょうね？」

「取り憑かれている感じだなぁ。過去に、事件に深く関わったことがある、そういう辛い経験をしている。そのトラウマを、無意識に拭い去ろうとしている。違うかな？」

「さあ、そうかもしれません」鷹知はわからない振りをした。「もう一人、フリーの芸能記者みたいな仕事をしている子が来ます。若い二人は、大学の同期なんです」

「ああ、椙原恵吾の本を出そうとしているライタさんね」

「そうです。なかなかしっかりした子ですよ。刑事さんの知りたいことを、椙原さんから聞き出しているかもしれません」

「それは、期待できるな。そろそろ、油断をして、しゃべりたくなる頃合いだと思う。良いタイミングかもしれない」

そうは簡単に尻尾を摑ませることはないだろう、と鷹知は思った。その理由は、椙原恵吾が現在、何一つ困っていないからだ。経済的にも恵まれ、仕事も順調、若くて美しい妻もいる。危ない橋を渡る必要はまったくない。

普通、殺し方や、殺したあとのディスプレィに拘るような人格は、人に対して自分を表現したい、披露したい、という欲求を持っているはずだが、彼の仕事は、その「表現・

披露」そのものであり、仕事で欲求を満たすことができる点が、社会の陰に隠れて犯行を繰り返すシリアル・キラーとは異なっている。だから、頻繁に殺さない、時間を充分に置いて、良いコンディションを選ぶことができるのだろう、と鷹知は想像していた。

劇場が見えた。それは、テレビでもネットでも何度か映像となったので見覚えがあった。一方、殺人現場となったビルは地味だし、貧相といっても良い古い建物だった。それらの建物を過ぎ、さらにしばらく歩き、二人は、カフェのあるビルに入っていった。

窓際の席で、三人の女性たちが待っていた。小川が立ち上がり、迎えてくれる。小川が座っていたシートに、男性二人は腰掛ける。小川は、テーブルの横に置かれた一人掛けの椅子に座った。鷹知と牛田の正面に、加部谷と雨宮がいて、腰を浮かせてお辞儀をした。

まず、それぞれが飲みものを注文した。鷹知と牛田はビール。小川はコーヒー。加部谷と雨宮はクリームソーダになった。性別や年齢できっちり分かれたような結果だった。

小川が、全員を紹介した。特に、牛田は、加部谷と雨宮が初対面だ。加部谷は、事務所のパートナだと、また、雨宮は、加部谷の親友で、現在、椙原恵吾にインタビューをする仕事をしている、と紹介された。

「あの、仕切るつもりありませんので、皆さん、ご自由におしゃべりして下さい」小川は微笑んだ。「加部谷さん、牛田さんの第一印象は？」

「はい、格好良いです。刑事さんには見えません」加部谷は言った。「警察の中で、ベストドレッサ賞とかやらないのですか？」

「残念ながら」牛田は低い声で答える。「良いものを着ていても、何の得もないし、効果もないし、むしろ嫌われるだけです。ヤクザと間違われたりね」

「おいくつですか？　奥様はいらっしゃいますか？」雨宮が質問した。

牛田は、小川をちらりと見て笑った。

「ノーコメントですよね？」小川が代わりに答える。「私も同じ質問をしましたから」

「僕は、知っていますよ」鷹知が呟いた。ちらりと、横の牛田を見る。「でも、黙っておきます」

「栂原さんは、どんな感じですか？」牛田が、雨宮に尋ねた。「インタビューには前向きですか？」

「はい。とても前向きです」雨宮がアニメ声で答える。「先日の事件も、全然他人事のようです。お芝居は人気が出て、再演になって、奥様も復帰しました。ビジネス的に順風満帆なのですから、この機会に出版を、との提案に積極的にのってきた形です」

「昔の話を聞いていますか？」牛田がきく。

「少しだけです。まえの奥様が事件で亡くなったことは、まったく」雨宮は首をふった。

「彼は、孤児だったので、出身などはよくわかっていません」牛田が話す。「山梨の児童養護施設から、ある家庭に引き取られていましたが、その里親も事件で亡くなっています。田舎のことだし、五十年以上も昔のことなので、はっきりとした記録が残っていませんが、強盗殺人だったようです。両親とも亡くなって、また孤児になりました。大人になるまで一人だった。心に傷があるはずですが、その話は、どうですか？　しないでしょう？」

「はい、初めて知りました。聞いていません」雨宮が答える。「刑事さんは、それをどうやって……」

「警察ですからね」牛田は微笑んだ。「いえ、これは表に出せない情報です。この担当の前任者が、地元で聞いてきただけで、手帳にメモされていました。話だけです。正式な証言として書類が残っているわけではない。境遇が不幸だからといって、容疑者にはできませんし」

「そういえば、過去の不幸を背負った人が、新たに人を殺してしまう、というのは、映画ではよくあるパターンです」加部谷が指摘する。「今回のお芝居でも似ています。そういうのが、彼のモチーフなんですね」

「そうなんです」牛田が頷く。「芸術では、それを堂々と主張できる。発散できるわけです。ただ、人殺しの絵を描いても、画家を逮捕することはできません」

「アートだけでは物足らない、となって、ときどきリアルの人殺しを？」鷹知が尋ねた。

「そんなので殺された方は、堪ったもんじゃないですよ」

「あ、今日、久しぶりに現場を見てきました」小川が話す。「裏の駐車場側のドアは、磨りガラスだから、室内から外の様子ははっきりとは見えません。つまり、ナイフで刺して、雪の上で倒れるように仕向けた犯人は、外に誰もいないことを事前に確かめておいたことになります」

「ええ、そうです」牛田は小川の方を向く。「螺旋階段の五階の出口に、煙草を吸う場所があって、音がすれば、そこから覗かれることも予想できたでしょう。だから、犯人は、屋内で刺して、被害者を突き飛ばしたかもしれませんが、自分は外には出なかった。建物の中か、あるいはドア近くにいた。そのあと、急いで通路を戻って、階段を上がっていったはずです。外の螺旋階段は音がするし、上に人がいると気づかれるから、使わなかった」

「では、やはり内部犯ということですね」加部谷が言う。「もう、目星はついているのでしょうか?」

「ここだけの話で、お願いします」牛田は微笑んだ。「目星もなにも、福森宏昌が第一容疑者です。最初からずっと。ただ、駐車場に防犯カメラはないし、大勢いたのに、誰も見ていない、覚えていない。唯一の決め手といえば、凶器なんですが、これが不思議と出てこない」

「建物の中から出ていっていないはずですよね」小川が言った。「どこかに隠したとしか思えませんけれど」

「私が探したわけではありませんが、大勢のプロが隅から隅まで探しました。でも、見つからない。となると、持ち出されたものの中にあった、としか考えられませんけれど、それに該当するようなものも見つかっていません」

「あ、お芝居で使ったナイフは、どうですか？」加部谷が言った。

「小道具のナイフですね。血糊もありました。被害者の胸には、その偽の血が付着していました。それとほぼ、同じ辺り、いわゆる、鳩尾ですね、そこを深く刺されていました。肋骨の下ですが、心臓に近い。大量の血が流れましたが、犯人が返り血を浴びたかどうかまでは、わかりません。福森さんは、その血糊の効果を試すとき、主役の明知さんに代わって、草元さんを刺したそうです。そのとき、偽の返り血を浴びていました。それで、彼は、休憩中にシャワーを浴びているんです」

「それは、怪しい」鷹知が呟いた。「証拠隠滅ですね」

「どうして、主役ではない福森さんが？」加部谷が尋ねる。「彼が言い出したのですか？」

「いえ、衣装の確認をしていたので、明知さんはできなかった。たまたま近くにいた福森さんが代わっただけだそうです」

「血痕などは、どこにありましたか？」

「一階の通路の奥。ドアの手前です。それに、四階にあるシャワールームから、ルミノールによる血液反応が出ています。ところが、演出助手が、瀕死の草元さんを抱き起こしたときに両手が血まみれになって、救急車を呼ぶのを人に任せて、手を洗っているんです。それも、同じシャワー室で。お湯が出るから、というのが彼の言い分です」

「あらら、彼もグルなのでは？」小川が指摘する。

「その線も、疑っています。最も怪しい二人なので、協力し合った可能性はあります」そこまで話して、牛田はビールのグラスを空けた。「しかし、こんな話ができるとは思いませんでした。皆さん、くれぐれも他言なさらないで下さい。少なくとも、事件が解決するまでは」

「それは、大丈夫です」小川が言った。さきに答えておいて、雨宮の顔を見る。目が合うと、雨宮は大きく頷いてくれた。

「えっと、私が思ったのはですね……」加部谷が身を乗り出して話す。「その小道具のナイフが、実際に殺傷能力はないか、ということなんですけれど」

「それは……、どうかな」牛田は、そこで黙った。「最初に調べたと思うんですが、いや、明日にも確認します」

「押収はされていないのですか？」加部谷はきいた。

「ええ、していません」牛田が頷く。

「もし、福森さんが犯人だとしたら」加部谷は続ける。「その小道具に仕掛けをして、刃も本物で、その部分が引っ込まないよう固定できたのかもしれません。血をつけたまま持ち歩いていても、怪しまれないし、またすぐに使えるようにと、洗い流すこともできます。警察が来たときには、お湯で洗ったあとだったのでは？」

「確認します」牛田は同じ台詞を繰り返した。「いや、参考になりました。そういうふうには、警察は考えない。あまりに大胆すぎる。だって、目に付くし、疑われる可能性が高いわけですから」

「草元さんは、二回も同じところを、同じナイフで刺されたかもしれません」加部谷が言った。

4

五人の会合は一時間半ほどで終了した。鷹知は別の仕事がある、と言い残してさきに出ていった。加部谷と雨宮は、小川たちに気を利かせて、二人で駅まで早足で歩いた。小川と牛田の二人がゆっくりと歩いている姿を、二回ほど振り返って確かめた。

「あれは、ちょっと本気な感じがする」加部谷は言った。「良い雰囲気だったじゃん」

「わからんけど、まあ、そう見えんこともない。それより、さっきのナイフの話、本当だという確率はどれくらい？」

「うーん、十パーセントくらいかな」加部谷は自己評価した。

「低いな」雨宮が口を尖らせる。「そんなけ？　もっと自信を持ってええだろ」

「警察の鑑識が、どれくらいやる気があったかによるんじゃない？　その場で見逃したら、もう駄目だよね、すぐに洗剤で洗えるし、もしかしたら、新しいものと交換しているかもしれない。あらかじめ、作っておけるから」

「そうなると、小道具の係もグルか？」

「うーん、動機が何かによるねぇ。福森さんは、浮気をしていて、それで追及されるのが鬱陶しかった。演出助手は、彼の仲間だったのかも。貸し借りとかがあって、協力した可能性もあるし」

「草元さんが、みんなから嫌われてたってことにならない？」

「わからないけれど、お金持ちのお嬢様だったみたいだから、ちょっと浮いていたのかもね」

「でも、殺すか？　わざわざ、そんなさ、みんながいる場所で。もっとこそっと殺した方が安全だろ？」

「うん、そこは、たしかにそうだよね。あの場所である必要っていうのは、ほとんどない。たまたま雪が降ったから、というだけ」

「雪もな、大道具さんが作ったらええがね。本物でなくてもよ」

そんな話をしながら帰宅し、しゃべり疲れたのか、そのまま眠ってしまった。

翌朝、加部谷は雨宮に躰を揺すられ、目を覚ました。

「こら、起きなかんて、おい、加部谷！」

「もう、どうしたのぉ？」

「ニュースニュース」雨宮が端末のモニタを目の前に近づける。

しかし、ピントが合わない。ぼうっとしか見えなかった。

「読めんのか？」

「うん、何？　誰か、また殺された？」

「そこまで、ショッキングでもない。うん、じゃあ、寝直しな。おやすみ」

雨宮は、離れていく。

「ちょっと、純ちゃん、待って。何があったの？」

雨宮は、また近づいてきた。そして、加部谷の耳元で囁いた。

「福森宏昌がな、逮捕された」

「え？」

「起きろよ、朝ご飯はできとるでな」

そう言うと、雨宮はさっさと部屋から出ていってしまった。

「え、えっと、何だって？　福森？」だんだんリアルに生きる自分が蘇ってきた。「ウッソ！」と叫んでしまった。

「嘘じゃない！」という声が部屋の外から聞こえる。

急いで着替えをして、部屋から出ていく。キッチンのカウンタの向こうで湯気が上がっていた。雨宮はいない。また自室のようだ。

とにかく、端末で検索しようと思った。しかし、小川からメールが届いていた。内容は、雨宮が教えてくれたものと同じだった。どうやら、親友の悪戯(いたずら)ではなさそうだ。

薬缶のお湯で自分の分だけ紅茶を淹れ、冷蔵庫からミルクを出して注いだ。ぬるくなるが、これくらいの方が彼女にはちょうど良い。

「おう、おはよう」雨宮が寝室から出てきた。トレーナにジーンズで、髪は後ろで縛られている。身支度を整えたのではなく、電話だったのかもしれない。

「急展開だね」加部谷は言った。「もしかして、昨日のあれのせい？」

「小道具のナイフから、なにか証拠が見つかったとかか？」雨宮が言った。「各方面へ、探りを入れるメールを送っといた。栂原先生にもな。もしかして、スタッフだったら、もう知らされているかもと思って」

「そうだね。だったら、やっぱり、今回の事件は、栂原恵吾には無関係だったってことになる。牛田刑事は残念だよねぇ」

「とりあえず、お芝居、どうなるんだろう？　福森宏昌の役は、けっこう重要だったし、急に代役が立てられるかな」

「案外、いるんじゃやない？　えっと、今日は、金曜日かぁ。私たちが観にいく日までに、代役を立ててもらわないと」

「なんとかするだろうね。いくらでも役者はおるし、ますますチケットが売れる」

「関係者の人たちは、福森さんと草元さんのことは知っているわけだから、ああ、やっぱりそうなんだって思うよね」

「やっぱ、ミステリィには、きちんとした結末がないとな。うん、これで一件落着だわさ」

「本当に、そう？　純ちゃんの仕事は？」

「もちろん、続行。初版部数、二万くらい上乗せだぜ。あんたにも、お小遣いをはずむでさ、ちょう手伝ってちょうな。梅原のことは、少しくらい認めてやるかぁ」

「水臭い。お小遣いなしでも手伝うよ。もしかして、私が事件を解決に導いたのかもしれないんだからね。そこのところは、内容に絡まない？　なんとか少し入れてほしいなぁ」

「美少女探偵を？」

「そう、美少女探偵を」

「まあ、無理というもんだぜ。内緒の話が多すぎるわさ。実名は出せんしな」

「梅原さんを、認めてやるってのは、何なの？」

「いや、ずっと、危ない奴だという先入観？　その前提で、仕事だからと割り切ってだな、接近したわけであるからして、そのぉ、一人では怖いから、あんたを連れていってだな、いつも細心の注意を払って、恐る恐るやっておったのだが、まあ、もしかしたら、完全なる濡れ衣、誤解かもしれん。牛田刑事の思い込みということだって、なきにしもあらずだでさ」

「うーん、私はね、はっきりいって、まだ怪しんでいるよ」

「ほうなの？　美少女探偵の第六感？」

「いや、だって、『望郷の血』を書いたのは、栂原さんなんだから。まえの奥さんも殺されていて、同じシチュエーションの未解決事件もあってえのぉ、そのうえさらに、映画にもお芝居にも、同じ雪のシーンを入れているわけでしょう？　はっきりいって、異常なんじゃない？」

「でもさ、それを狙っているのかも」雨宮が言った。

「ああ、そういうふうに解釈するわけね。うーん、急に寛容？」

「なったらかんようってか？」雨宮がそう言って、ははは と大笑いする。

「わからない、その駄洒落は」加部谷は笑えなかった。「なんか、ちょっと変な感じ」

「変なのは、全体的に、最初から、ぜえぇんぶが変だわさ」

「福森さん、自供したのかなぁ？」

「自供したって、証拠にはならんわさ」

「なにか、新事実を話してないかな……」

そこへ電話がかかってきた。小川からだ。

「起きた？」というのが小川の第一声である。

「はい、だいぶまえから起きています。福森さんのニュースですね？」

「今ね、牛田さんにメールしたらさ、福森さん、部分的にだけれど自供しているって。殺人を認めているらしいよ」

「うわぁおぅ、そうなんですか、こちらでも、まさにちょうど、それが話題になっていたんですよ」

「午後にも、家宅捜索になるって」

「今までしていなかったんですか？」

「本人の許可を得て、任意ではしていたらしい、でも、三十分くらい軽く見回っただけだったそう。小道具のナイフは、あのときのものとは別の新しいものに取り替えられているから、福森さんが、まえのナイフを隠し持っていたら、それでアウトだね」

「持っていませんよ、どこかに捨てたにきまっています」

「いやあ、どうかな。ずっとマークされているから、簡単にはできないと思う」

「そうか、警察は、私たちに代わって、ずっと彼を張っていたんですね？　誰と浮気していたかも、ばれていたんでしょうか？」

「あ、そうね、それはきいていない。きいとくわ」

「きいといて下さい。刑事さんによろしくお伝え下さい」

「それ、なんか嫌味で言っていない？」

「いえ、八十パーセント、素直な感謝です」

「残りの二十パーセントは？」

「はっきり言いますと、妬みですね。冗談ですよ、小川さん」

「そうですか、しっかりと承りました。あ、出勤はゆっくりで良いよ。なにも仕事がないからね」

「わかりました。でも、大丈夫です、いつもどおりに行けそうです」

5

テレビのワイドショーにはうってつけの話題だった。おそらく、テレビ局は、福森宏昌がいずれ逮捕されるものと予測し、彼の情報を集めていただろう。過去の映像はもちろん、友人たち、幼馴染などに対するインタビューも漏らさず用意されていた。

『望郷の血』は、彼よりも年配のベテラン俳優を代役に据え、翌日、予定どおり再演の初日を迎えた。聞くところによると、二割ほど台詞が少なくなっている、とのことである。

日曜日には、加部谷と雨宮は観劇に出かけた。招待席だからドレスアップしていった方が良い、との雨宮のアドバイスだったが、ドレスと呼べるような代物には縁のない加部谷だった。ジャージで行ってやろうか、と開き直り、結局は数少ないスカートで出かけた。このため、いつになく寒い思いをしなければならなかった。

一方、雨宮純は、たしかにモデルのような派手な格好だった。久しぶりに短いスカートで、それを見た加部谷は発熱しそうな気がした。並んでシートに座ったが、知合いだと気づかれないように、話しかけないでくれ、と雨宮から頼まれた。おかげで、芝居に集中することができた。

開幕のまえに、栂原恵吾と栂原沙保里が舞台に現れ、短い挨拶のあと、亡くなった草元朱美に黙禱(もくとう)した。毎回、これをしているらしい。

演劇を見慣れない加部谷は、映画でもないドラマでもない物語に、なかなか入り込めなかった。なにしろ、生身の人間がすぐ目の前で不自然なほど大声で、大袈裟な身振りを交えて活動するのである。とてもリアルには捉えられない。まだ、ミュージカルや歌(か)舞(ぶ)伎(き)などであれば、ショーだと思って楽しめるだろう、と想像した。

それでも、前半最後の山場では、雪が舞い始め、栂原沙保里が演じる女性が刺し殺される場面となった頃には、両手を握り締めていた。この加害者は主演の明知大河である。ナイフを突きつけるシーンでは、音もなく、声もなく、また被害者はそこに倒れ込み、一度二人は見つめ合うのだが、台詞もなく、思っていたよりもあっさりとした、短い時間、そして静寂の展開だった。これが、かえって新鮮で良かった。スローモーションになるはずもない、誇張（こちょう）して叫んだり、余計な言葉を交わすよりも本物っぽい、と加部谷は感じた。

　ここで暗転となり、静かに幕が下りた。前半と後半の間の休憩である。会場が明るくなって、観客の間からは溜息の合唱のような音が聞こえ、しだいにざわつきが広がった。加部谷は、腕を前に伸ばし、狭いところでストレッチをする。

「なかなか良かったね」隣の雨宮に言った。ちらりと彼女の顔を見ると、無言で頷く。そうか、話しかけちゃいけないんだった、と思い出した。

「良かったわぁ」雨宮が小声で呟く。「ちょっとだけ、わかったかも」

「何が？」

「何だろう……」雨宮は首を傾げ、目を瞑（つぶ）った。「ちょっと考えるわぁ」

「眠いんじゃない？」

「ちゃう」目を開けず、難しい表情での一言だった。

雨宮に断って、客席から出た。テーブルが並んでいるところに、人集りがあった。パンフレットかグッズでも売っているのだろう、と思って近づくと、主力の商品は、役者の写真のようだった。今どき、そういうものが売れるのか、と加部谷は不思議に思った。もちろん、場内では写真撮影は禁止されている。しかし、ネットにいくらでも写真、それに動画もあるはず。だが、ファンというものは、献金のごとく、あるいは投資のごとく、身銭を切りたいのかもしれない。加部谷の場合は、そんな余裕はない、とだけ自覚した。ここにいることだって、既に贅沢の部類なのだ。

席に戻ると、雨宮が顔を近づけて囁いた。

「あのな、やっぱ、栂原沙保里が凄いな。黙って死んだけど、あれは、言わんかったんだよ、言いたいことをさ」

「へえ……」加部谷は目で答える。珍しいことを言うな、とは思った。演技が凄かったということらしいが、それよりも、斜めに降り注ぐ雪が気になっていた。まっすぐに落ちないのは、大きな扇風機を使っているのだろうか、横に風が流れていたのだ。

幕が上がり、会場は再び静まり返る。舞台に登場した俳優は、早口の台詞を会場の隅々まで届ける。それだけでも、普通ではない。ただ、後半は、あまり盛り上がらない。エンタテインメント性に欠ける、といっても良かった。逆に、こういう展開を芸術的というのかもしれないな、と加部谷は考えた。

幕が下りたあとは、舞台上に出演者が並んでお辞儀をし、拍手が長く続いた。これが終わると、観客たちは席を立ち始める。

「で、考えた？」加部谷はきいた。

「何をぅ？」雨宮は周囲を見回している。「知った顔はなかったな。嫌な奴に会ったら、どうしようかと思っとったけど……」

「地味なストーリィだし、演出も控えめで、上品だったよね」加部谷は言った。

「ん、そう？　ま、こんなもんちゃうの、だいたいが」

「ミステリィだと思って、どんでん返しとか期待してくる人が多いと思うよ。主人公が刺して殺したように見えたけれど、実は死んでなくて、そのあと別の人に刺されて死んだとかね。だから、主人公は自分が犯人だと思い込んで、ずっと悩み続けていたってこと」

「そんでも、刺したんなら、死ななくても、罪は同じなんちゃう？」

「あ、そうかな？　いえ、違うでしょう？　でも、そういう考えもあるか」

「どっちにしても、雪の上で血を流す美女を眺めているシーンはなかったな。すぐに逃走したろ？　怖くなって逃げ出したじゃん。そこがちょっと、リアルの事件とは相容れない要素ではありますな」

「リアルのままを表現していたら、今頃逮捕されていると思う」加部谷は言った。周囲を見ると、もうほとんどの客が出ていったようなので、加部谷も立ち上がった。「さあて、このまま真っ直ぐ帰る？」

「何ぃ？　道草でもしたい？」雨宮も立ち上がった。

「いえ、べつに、お腹が空いたわけでもないし」

「じゃあ、ドーナッツくらい？」

「そうしようそうしよう」

スロープを上がって、ロビィへ出ていくと、一角に行列ができていた。正面の出口付近に出演者が並んで、その前を観客が一人ずつ通っている。握手をしたり、なにか渡したりしているようだ。ファンとの触れ合いコーナというのだろうか。二人は、少し離れたところで、これをしばらく眺めることになった。

「どうせ触れ合うなら、猫がええな」雨宮が言う。

「私は、ワンちゃん」加部谷は言った。

梱原や沙保里もいるし、もちろん、主演の明知大河や成瀬舞花にもファンが集まっているようだった。十メートル以上離れたところにいたのだが、梱原がこちらを見たのがわかった。雨宮が目立つので、彼女と目が合ったのだろう。加部谷は、雨宮の顔を見る。

「ちょっと、お礼くらいは言わなかんな」彼女は呟いた。

しかたがないので、列の最後尾に並び、また十分ほど時間が経過。逮捕された福森については、挨拶のときに一言も説明がなかった。代役を務めた俳優は、ポスタでは上から写真が貼られて、さりげなく〈更新〉されていただけだ。その俳優も、ファンのために並んでいるようだった。

「演出助手の人は、おらんね」雨宮が言った。パンフレットには、スタッフとして写真が出ていたのだが、今はここに来ていない。スタッフは演出の栂原以外には出てきていないようだ。裏方だから、それで良いのかもしれない。出演者も、パンフレットに写真が出ている役者だけで、それ以外はいない。映画だったら、エンドロールでフォントサイズが大きい人たちだけだ。

「演出助手も、警察に聴取されているのかも」加部谷は雨宮に囁いた。周囲に聞こえないように最低限の声でしか話せない内容だ。「あ、外にカメラが来ている」

ロビィから出ていったところに大勢がいた。触れ合いコーナを終えたファンたちが名残を惜しんでいるのだと思っていたが、人数が減ったため、そうではない人々だとわかった。カメラも大小あるし、マイクを握っている人も数人確認できる。マスコミが取材しようとしているのだ。やはり、福森宏昌の逮捕が影響しているのだろう。

「あそこから出るのは客だけだから、あの人数なんだに」雨宮が言う。「楽屋の方の出口には、何倍もおるで、きっと」

少しずつ前進し、ようやく、二人は栂原の前に立つことができた。

「先生、大変面白かったです。感動いたしました」雨宮が、一オクターブ高い声で挨拶をする。すぐ横で、加部谷もお辞儀をした。

「わざわざ、どうも……」栂原が笑顔で応える。「ああ、明知くん」

栂原は、隣に立っていた明知大河に声をかけた。明知は、ファンと一緒に写真を撮らせていたが、それが終わってから、こちらへ笑顔を向けた。「この子たちだよ、インタビューを受けているのは」栂原が明知に近づいて言った。

雨宮がお辞儀をし、加部谷も遅れてお辞儀をする。

「あのさ、なにか、彼に質問しておいた方がいいんじゃない？」栂原が雨宮に囁く。

「あ、よろしいのですか？　こんなところで」雨宮がきいた。「あの、栂原先生は、この舞台にどんなふうに臨まれていますか？　主演、主人公から見て、どんなふうに感じられたでしょうか？」

よくもまあ、そういう内容のない、当たり障りのない質問が突然できるものだ、と加部谷は感心した。否、むしろ、当たり障りのないものほど、お決まりの言葉になりやすく、いつでもどこでも、ぽんと出せるのか。

「うーん、とにかく、この先生は芸術家。アーティストなんですよ。役者っていうのは、みんな職人なんだけれど、先生だけが芸術家」明知はそこでにっこりと笑った。「要求されることはやれるんだけど、先生が望んでいるのは、もっとはるかに上の方にあってね、わかんないわけ、下々の者にはね。うん、そう書いておいて」

「あ、はい。わかりました。メモしないと」雨宮はバッグを開けて、手帳を取り出した。

「芸術家と職人なんですか、私たちには、どちらも芸術家に見えますけれど」

「いやあ、脚本家も演出家も、みんな職人ですよ」栂原が笑顔で言った。「できたものが、たまたま見方によっては芸術になる、というだけです」

「奥様は、どちらでしょうか?」雨宮がきいた。

「ああ、あの人は、芸術家だ」栂原が答える。

「そうそう、沙保里さんは、そうだ、たしかに」明知はそこで豪快に笑った。「極めつきのアーティスト」

当の栂原沙保里は、並んでいる一番最後の端にいた。こちらを見てもいなかった。いつの間にか、加部谷と雨宮の後ろにも十人以上並んでいたので、長く立ち止まるわけにはいかない。栂原と明知には、何度も頭を下げ、先へ進んだ。

栂原沙保里の前まで来ると、雨宮がお辞儀をし、加部谷も横で頭を下げた。沙保里は片手を出し、雨宮、そして加部谷と握手をした。にこやかな表情ではあったが、言葉はなかった。もしかして、こちらに気づいていないのかもしれない。そのまま、会話もなく、なにか話した方が良いか、と思ったときには、後ろのファンが沙保里に話しかけ、二人から視線が離れた。加部谷たちは、ロビィから出ることになった。

マスコミがこちらへレンズを向けているが、そのエリアもあっさり通り過ぎ、二人はホールをしばらく歩いた。雨宮は、何度か溜息をついていたようだが、なにも言わなかった。

建物から外へ出ると、タクシー乗り場の前に、また行列があった。

「駅まで歩いて、電車で帰ろう」雨宮が言った。彼女は空を見上げた。天気を確かめたのだろう。星空ではない。予報では小雨が降る可能性がある、といった天候だった。

「私、傘を持ってきたから大丈夫」加部谷は言った。

大通りに出る方向へ歩いていくと、敷地内の道路で歩道に寄せて停車していた黒い車のドアが開き、黒いコートの男が出てきた。背が高く、ドラキュラのような風貌だった。かなり高齢であることは、真っ白の髪でも明らかだ。

「失礼ですが、雨宮純さんですか?」ジェントルな声である。

「はい、そうですけれど」雨宮が答える。

「私は、三郷と申します」友好的な態度ではあるが、無表情で、笑顔ではない。

「何でしょうか?」

「私も、今、『望郷の血』を観たところです。長年、明知大河のファンをしております。後援会の会長も務めております」

「そうなんですか。でも、私になにか……」

「今、ここでお話しできるようなものではありませんが、あの、栂原さんについて、やや特殊な事情を耳にしておりまして、明知は、話しては駄目だろう、などと言っていますけれども、栂原さんの本を出す計画があると聞きおよびまして、出版社に問い合わせたところ、貴女のことを知った次第です」

「はい……、それで、私にどうかしろというお話でしょうか？」

「ここではなんですので、どうしましょうか、車に乗られませんか？」三郷は、後方の黒い車を片手で示す。よく見ると、普通よりもだいぶ大型で、リムジンのように長かった。窓は黒く、車内がまったく見えない。

「あ、いえ、ちょっと今日は、これから予定があって……」雨宮は片手を広げた。

「そうですか、無理はいえません。では……」三郷は、ポケットから小さなケースを取り出し、名刺を一枚、雨宮に差し出した。「後日、また改めてご連絡をいたします。急ぐ話ではありませんので……。お引止めして、申し訳ありませんでした。それでは、また……」

三郷は、車の方へ歩き、後部に乗り込んだ。車は走りだし、通りへ出ていく。

「お金持ちだよね」加部谷は言った。「良かったね、拉致（らち）されなくて」

「連絡するってことは、こちらの電話とかも知っているんだろうな。駄目だなぁ、個人情報を教えんといてくれって出版社に言っとかんと」

6

また一週間が経過した。三郷という老人から、その後連絡はなかった。

二人は、三郷についてネットで調べた。三郷元次郎でヒットする人物と、人相が一致。ただ、ネットに見つかった写真よりも本人の方が老けていた。大手商社の会長を退いたのが十年ほどまえのようだ。現在のことは情報がない。明知大河の後援会の会長だという記事も見つからなかったが、そもそも後援会について書かれたものがない。

たまたま、雨宮が車の横を通ったので、出てきただけかもしれない。大した用事はないし、椙原についての特殊な事情というのも、小さなゴシップ程度なのではないか、というのが雨宮の見解だった。

小川の事務所には、この間に迷い猫の捜索依頼が一件あった。仕事を受けようかと話し合っているうちに、見つかったという連絡が入った。猫の写真で貼紙を作って、近所の方々に貼るくらいしか作業を思いつかなかったので、二人はほっとした。

福森宏昌がどうなったのか、小川が牛田からきいたところでは、小道具のナイフは福森の自宅から発見され、この事実に対して、証拠隠滅罪あるいは捜査妨害、つまり公務執行妨害の疑いで逮捕されたのであり、殺人については依然として重要参考人扱いだ、とのことだった。

福森本人は弁護士と話したあと、殺人については、自供を翻し、全否定し始めた。ナイフを持ち帰ったのは、草元朱美の形見として持っていたかった、と話したらしい。納得のいく理由ではないものの、その行為だけで大罪には問えない。近日中に、釈放される見込みだという。

また、演出助手の新垣真一については、福森との共謀が疑われたが、証拠不充分として釈放となり、仕事に復帰しているとのこと。

栂原のインタビューは週二回となった。芝居が軌道に乗ったこともあり、昼間に時間を取れるようになったためだ。場所は、劇場の控室になった。

雨宮によると、内容的には既に充分だそうだ。劇場に場所を移したのは、栂原沙保里はもちろん、明知大河にも、短いインタビューができるからだった。これは、栂原が提案したことで、話も彼がつけてくれた。逆に、断るような理由も機会もなかった。雨宮は、自分に主導権がないことを何度か嘆いていたが、まだ若いのだから、と加部谷が慰め役になった。

雨宮は、既に文章を書き始めていて、出版社も決定している。近いうちに脱稿し、早ければ来月、年明けの一月にも刊行に漕ぎ着けることができそうだ、と聞いている。

小川は、あの五人で会った日以来、牛田刑事とは会っていない、と加部谷に話した。

事件が急展開して忙しいのか、それとも新たな事件の担当になったのではないか、とも話す。

「もう少し、積極的になった方が良いのでは？」加部谷は言った。

「いいえ、そんな仲じゃ、ありませんから」小川は応える。自分でも、最初よりはずっと冷めていて、ほどほどに会って、おしゃべりするのは、仕事関係においても有益だろう、というくらいにしか思わなくなっていた。

「あ、そういうの、大人のつき合いですよね。少し離れたら、また恋しくなります」

「それよりも、えっと、まだ、何だっけ、リムジンのお爺さんから、アプローチはないわけ？」

「アプローチですか。ないみたいです。名前は、三郷元次郎です。水戸黄門に出てきそうな名前でしょう？」

「そう、その人ね、私、若いときに会ったことがあるかも」

「へえ……」

「写真を見せてもらったとき、なんとなく知っている顔だなって思ったんだけれど、昨日ね、寝ようとしているときに、ふっと思い出して」

「知合いだったのですか？」

「違う、そんな、名前も知らないし、仕事の話しかしたことなかったと思うんだけれど、私が勤めていた会社に出資していて、社長が亡くなったときにも、お葬式に出ていらして、なんか、とんがった人だなって思ったの。あ、でも、あのときのことは、記憶が捏造されているから、なかなか出てこなかった」

「捏造されているって、どういうことですか？」

「とにかく悲しくて、人生終わったと思ったし、そのあとは、無理に忘れようと必死だったし、だから、なんか他人事みたいに、えっと、怪我に包帯をぐるぐる巻くみたいにしてたんだよね。だんだん思い出してきて、十年以上まえだから、当時は社長か会長さんだったと思う。わざわざ足を運んでくれたのは、私の会社の面倒を見てくれていたんだなって、今思うとね」

「へえ、じゃあ、小川さんが会いにいったら、喜ぶかもしれませんね？」

「うーん、向こうは知らないでしょう。社長の秘書なんて、添えものとしか認識されていないから」

「添えものだったんですか？　違うでしょう？」

「そうだね。美貌で雇われたとは思っていない。それは確か」小川は笑った。

ところが、その二日後に三郷元次郎が、小川の事務所に突然現れた。午前十一時過ぎのことだった。

「小川さん、こんにちは。突然で申し訳ない」三郷元次郎は一人だった。

小川は、慌てて挨拶をしつつ近づき、ソファの方へ案内した。加部谷は立ち上がって、飲みものの準備をする。雨宮がいないところへ、どうしてなのか、と思いつつ。

「いやあ、ずっと貴女のことは気にかけておりましてね、どこで何をしているのか、実は把握しておりました。いや、今どきは、ストーカだと言われてしまうから、隠れてこっそりとね。もし、仕事をしていないのなら、私の秘書として雇いたかった。それが、なかなかタイミングが合わない。そうこうするうちに、私はもう引退ですよ」

「恐れ入ります」小川は、対面のソファに腰掛けた。「当時は、大変お世話になりながら、会社からは離れてしまい、ご無礼をしてしまいました」

「いや、そんなことは全然ない。私が、あそこを贔屓にしたのは、貴女がいたからだった。きっと、この会社は成長するだろうとね。だが、貴女が去ったあとは、もうがたがただ。私も手を引いてしまった。まだ、地道に存続はしているようだけれど、見る影もないというやつです」

「あの、それにしても、どうしてこちらへ？」

「そうそう、このまえね、観劇のあと、雨宮純さんに会った。私は、明知大河の後援会に担(かつ)ぎ出されて、その縁で、栂原恵吾の本を書こうとしている人がいる、と耳にして、ちょっと興味が湧いたもんだから、調べてみたら、雨宮さんに行き着いた。それで、会ったら、ほら、一緒に貴女がいた」

三郷は、そこで振り返って、加部谷を指差した。

「え？　私？　私ですか？」びっくりして、注ぎ入れていたお湯を零すところだった。

「加部谷恵美さん、はじめまして。三郷といいます」彼は、一度立ち上がって、加部谷にお辞儀をした。

「はい。あの、よろしくお願いします」加部谷も姿勢を正して頭を下げる。「私の名前をどうしてご存知なのですか？」

「ですから、この事務所のことを、長く調べておりましてね。まえの社長、椙田さんの頃からです。椙田さんとは、何度もお会いして、美術品などで相談に乗っていただいたんです。それで、彼から商売を畳むと聞いたときには、小川さんをうちへ引き抜こうなんて考えましてね、はは、ところが、ちょうど自分が引退ってことになってしまい、後継の者に引き継ぎも考えたんですが、まず絶対に誤解されますわな」

小川は、口に手を当てて黙っていた。涙が流れそうになるのを我慢している顔に見える。加部谷は、テーブルにそっとお茶を並べてから、自分の席に戻った。

「それでも、諦めきれない。年寄りで焼きが回ったってことでしょう。探偵に調べさせたら、小川さんが事務所を引き継いだってね。まあ、正直いって、長くはないだろうと思ったところが、今は新しい人を入れて、二人で切り盛りしていると聞きました」

「探偵というのは、もしかして、鷹知さんですか？」小川がきいた。

「あ、いや、それは違う」

「誰ですか？　同業者として、知っておきたいと思います。お話の信憑性にも関わります」

「実は、この近所にいるナオミという女で、スナックをやっていたのだが、私がこの近くへ引っ越させた。そのスナックには、椙田さんも、ちょくちょく来ていましたよ。その彼女が、はは、私的探偵というわけでして……」

「ああ、あの人……。そういえば、最近見かけませんね」小川が言った。

「そう、死にましたよ」

「それは、お気の毒です。ときどき立ち話をした程度ですけれど」

「内緒にしておいてくれと頼まれましたが、もう隠すこともない」三郷は微笑んだ。「だから、加部谷さんのことも、だいたいは知っております。悪い趣味ですな。ご勘弁いただきたい。誰かに漏らすようなことはしておりません、と誓って言えます」

「それは、たしかに、あまり立派とは言えないと思います」小川が言った。

「手厳しい。そう、そういう人だった。変わっていない。嬉しいことです。ああ、ごめんなさい。とにかく、先日、雨宮さんにお会いしたら、一緒に加部谷さんらしき人がいるではありませんか。それで、またちょいちょいと調べてみたら、二人は同郷で、大学の同級生だとわかった。いえ、それ以上は調べておりません。ここまでです」三郷は両手を広げて、顔の前に出した。「そうなると、もう、どうしてもお二人にお会いして、話をしたくなった。もう、私も長くない。今のうちですから」

「何をおっしゃるんですか」小川は言った。「経緯は、概ねわかりました。でも、その雨宮さんに話したかったこと、栂原恵吾さんに関係することを、お聞きしてもよろしいでしょうか？　そうしないと、こちらへいらっしゃったことが、本当にストーカと変わらない行為になる恐れがあります。とにかく、私は驚くばかりで、今まともなことが申し上げられません。口が過ぎるようでしたら、お叱りいただければ控えます」小川は、加部谷の方を見た。「加部谷さんも、こちらへいらっしゃい」

「あ、はい」加部谷は口をEの発音の形にして立ち上がった。苦手だな、こういうのはと思いつつ、小川の横に腰を下ろし、三郷を見る。微笑んでいるものの、鋭い眼光だった。何の話をするつもりだろうか。

「変な話をしますが、逃げ水というのをご存知でしょう？」三郷はきいた。

小川と加部谷は頷く。舗装された道路の先に、水溜りがあるように見えるが、近づくとさらに先へ逃げる。道路面が日射で熱せられ、その近くの空気が温まり、光を屈折させる。目の錯覚ではなく、自然現象として観察されるので、もちろん撮影することができる。

「私にとって、小川さんは、あれだった。逃げ水ですよ。これを申し上げたくて、今日はここへ来ました。これを言って、引き下がります。本当に申し訳ない。悪く取らんで下さい。年寄りの世迷言ですわ。なにも、返事を聞きたいわけでもなく、反応が見たいわけでもない。本当に申し訳ありませんでした。今後は一切このようなストーカ紛いの行為はいたしません。お約束します」

「ですから、三郷さん」小川は睨みつけるような顔である。かなり怒っているな、と加部谷には感じられた。「栂原さんのお話を、お願いします」

「そうそう、そうでした」三郷は、お茶を啜った。それをテーブルに戻しながら、彼は加部谷を見た。「ああ、美味い。苦労をされただけに、若いのに落ち着いておられる」

「え、私が？」加部谷は顎を引いた。

「お茶が美味いのは、そういうことです」

「どういうことですか？」加部谷が身を乗り出す。

「説明をすると、ちょっと長くなりますがな……」

「三郷さん」小川が言った。「そのお話ではなくて……」

「いや、その話はですな、雨宮さんにお伝えするのが筋というものでして……」

「私が、彼女に伝えます」加部谷は言った。

7

三郷元次郎が話そうとした、そのとき、ドアがノックされた。

小川が返事をすると、黒いスーツの男が顔を覗かせた。

「会長、お時間でございます」そう言った。色のついたメガネをかけていたので、誰を見ているのか、視線がよくわからない。

「おお、そうか」返事をしたのは、三郷である。

もう会長ではないはずだが、まだなにかの会の長を務めているのだろうか。

次の約束がある、とのことだった。雨宮さんに会って、直接話します、と言い残して、三郷は出ていった。

加部谷は、黙ってお茶を飲んだ。自分の分も淹れていたのである。小川は、大きく溜息をついたあと、自分のデスクに戻った。加部谷は、湯呑(ゆの)みを片づける。ちらりと、小川を見ると、目が合った。

「小川さんのストーカだったんですね」と言ってみる。ほかには、これといって何も内容のない話だったからだ。「ナオミさんって、私、知りませんけれど」

「どうでもいい話」小川は早口で答える。「良かった、あの人に雇われなくて」

「そうですか。高給取りになっていたかも」

「いや、そんな願望はないよ」小川は首をふった。「しかし、何だろう？　なにか、栂原さんについて知っていそうな口振りだった」

「もしかしたら、雨宮さんにもストーカしていたんじゃないですか？　なんか、小川さんとか、純ちゃんみたいな、しっかりした人がタイプな感じで……。会って直接話したいみたいな感じでしたよね。あちらへ乗り換えるつもりだから、こちらは清算しにきたのではないでしょうか」

「いい歳してさぁ……」小川は舌打ちした。「雨宮さんに、注意するように言っておいてね。まあ、でも、最悪ではないね。良性な方かも。ああして、ちゃんと打ち明けにきたんだから」

「ええ、私は全然悪い印象を持ちませんでしたけれど」

「本当？　あ、そうなんだぁ、そういう人もいるんだね。でも、世間にはけっこう悪い人がいるの。気をつけてね」

「はい、そうなんです」

「あ、違う違う、誤解しないでね。あの、えっと、あくまでも、ストーカの話」

「詐欺じゃなくて」加部谷は言った。「あと、宗教なんかも。ええ、私、どれにも引っかかりやすいタイプだと思います。自分でもわかるんです」

「そうだよ、冷静になって、考えて、誰かにすぐ相談して、なるべく、一人で抱え込まないことが大事」

加部谷の端末が振動した。慌ててデスクに戻ると、雨宮からの電話だった。

「どうかした？」加部谷は電話に出た。

「あのお爺さん、電話をしてきたぞ。三郷元次郎さん、夕方の五時に会って話がしたいって」

「さっきね、ここへ来たんだよ」

「誰がぁ？」

「だから、三郷さんが」

「え？　なんでぇ？　俺に話があったちゃうんか」

「いや、そちらの話とはまた別でね、小川さんと知合いだったんだって」

「ストーカだよ」小川が大きな声で言った。

「知合いだとぅ？」雨宮が声を上げた。

「詳しい話は、あとで。家にいるの？　早めに帰る。どこで会うの？」

「パークリバーホテル、新宿のな。そこに泊まっとるらしい」

「へえ、じゃあ、新宿駅で四時半頃に、どう？」

「オッケィ。あのさ、一人で会うの怖かったから、加部谷を呼ぼう思って電話したんだけど、あの人、どんな人なの？　一人で会っても大丈夫な奴？」

「さあ……」加部谷は首を捻った。

「小川さんの評価は？」

「ああ、だいぶ怪しい感じみたい」

「やっぱしなぁ。もしか、反社会的な人ちゃう？」

「うーん、私が見た感じでは、ジェントルマンだったけれど。でもね、純ちゃんに目をつけているかも」

「何をゆうとるの？　おそがいことを」

「じゃあ、またのちほど……」

加部谷が電話を切ると、今度は小川の端末がメロディを流した。

「はい、小川です」小川が他所行きの声で出た。「ええ、大丈夫です。え？　いいえ……、なにもありません。どうしてですか？　はい……、あ、そうなんですか。では、なにかあったら、ご連絡します。はい、よろしくお願いします」

電話が終わって、小川はこちらを向いた。「牛田刑事から」

「デートの電話にしては、堅苦しい感じでしたね」加部谷は指摘した。

「あのね、いつもこんなふう。デートなんかしたことありませんから。えっと、電話は、福森さんを知らないかって」

「知らないか？」

「つまり、居場所を知らないかって。知っているわけないよね」

「そうか、半日だけ、張り込んだことがあるからですか？」

「尾行していたらしいんだけれど、見失って、行方知れずで、方々に聞いているとか」

「まかれたんですね。警察でもあるんですね。新人さんだったんじゃないですか」

「一旦釈放になって、泳がせていたってこと？」小川は言った。「ナイフを隠していたことは、書類送検くらいで済んだのかしら」

「人のものを盗んだわけじゃないですからね」

「いや、それに近い。白か黒かっていえば、白じゃないよ」小川は椅子にもたれて、首を回した、「そうそう、そちらの電話は何？　雨宮さん、何だって？　三郷さんがどうかしたの？」

「あの、ちょっと早めに帰ります」

「新宿へ行くの？」

「そうなんです。三郷元次郎さんと話をするために」

「ああ……」小川は口を小さく開けて頷いた。「今度は、そっちだって」

「言いましたよ」

「ジェントルマンだって言っていたじゃない」

「それにしても、マメな方ですね。さっきはここへ来て、夕方また純ちゃんと会うとか、一度に済ませれば良いのに」

「話が長くなるから、気をつけてね」

8

新宿駅の西口で、雨宮と会った。

「うっわ、またミニだぁ」加部谷は言った。雨宮のスカートのことである。白いロングブーツを履いている。そうか、先日の観劇の日とイメージを合わせているのだな、と理解した。選べるだけ服を持っているのも、大きな要因といえる。

「小川さんとは、どんな関係？」雨宮はいきなりきいてきた。主語がないので、一瞬考えてしまったが、これから会う三郷元次郎と小川の関係を尋ねているのだ。

「うーんとね、三郷さんは、小川さんのストーカだったの。ずっとつけ回していたんだよ。もともとは、小川さんが探偵になるまえに勤めていた会社と関係があったんだって。小川さん、当時は社長秘書で、きっとミニスカートだったんだと思う」

「本当に？　そんな話をしたの？」

「ミニスカートは私の想像。とにかく、三郷さんは、ストーカ行為については謝罪して、もうしないって言ってた。これからは、別の人にするのかも」

「最後に自分の想像を入れるな」雨宮は言った。「栂原さんの話は？」

「それは、時間切れで、聞けなかった。なんか、次の約束があるからって、運転手さんが呼びにきて、帰っちゃったから」

「そんで、俺のところへ連絡してきたんだな」

「そうそう、栂原さんの話は純ちゃんに直接するって言ってた。あのね、小川さんが、気をつけなさいって」

「何をぉ？」

「三郷さんに気をつけろってこと。気に入られると、つけ回されるからじゃないかな」

「そういう意味か……。でも、なんで今頃、急に小川さんに会いにきたの？」

「うーんと、このまえ純ちゃんに会ったときに、私を見たでしょ。それで、小川さんの事務所の子だって気づいたんだって」

「はぁ？　要領得んな」

「つまりね、小川さんのストーカをしていて、あの事務所の近所に自分の女を送り込んで、見張らせていたんだって、だから、私のことも知っていたってわけ」

「女を送り込んだ？」

「ナオミさん。スナックのママだったんだけど、死んじゃったらしい」

「何で死んだの？」

「それは、聞いていない。ご年配だったらしいから、まあ、病気じゃないかな」

「混沌とした話だな。全然わからんわ。とにかく、あんたのことも、つけ狙っとらしたってことかぁ？　ようそんなこと……」

「いえ、それは、えっと、ないと思うけれど」

「いやいや、まんざらでもないかもしれん。ああ、だからかぁ……」

「何が？」

「いやぁ、一人でいらっしゃいますかってきかれたんで、いえ、たぶん二人でって答えたら、はいはい、とちょっと嬉しそうな、弾んだ声にならした」

「でも、お金持ちみたいだから」

「お金持ちだったら、許されると？」

「そうだよ」

「ストレートな奴」

「もうこうなったら、私の人生にはそんな一発逆転しか残された道はないの」

「そういうやつが、投資詐欺に引っかかるんだにぃ。わかっとる？」

「はい」加部谷は頷いた。「冗談で言ってみただけだから、大丈夫だって」

「ホントかよ」

ホテルに到着した。緩やかなスロープを登っていくと、胡桃割り人形みたいなボーイがドアの前に立っていた。

ロビィへ入っていく。二人は、ほぼ中央で立ち止まって、周囲をスキャンする。時計を見ると、まだ約束の時間よりも五分ほど早い。

「ゴージャス」加部谷が言った。「トイレとか絶対に入らないと」

フロントのカウンタから出てきた係員らしき女性が、二人の方へ近づいてきた。

「雨宮様でしょうか?」彼女がきいた。雨宮が頷くと、白い手袋の片手で、こちらへと示した。「三郷様のお部屋へご案内いたします」

三人でエレベータに乗った。四十五階で降り、通路を真っ直ぐに進む。係員がエレベータのボタンと同様、ドアチャイムのボタンも押してくれた。二人は、眼差し(まなざし)を交わすだけで無言。ドアを開けたのは、黒いスーツの男性で、さきほどの運転手と同じような雰囲気だったが、もう少し年配で、グレィの髪をオールバックに固めていたし、メガネはかけていなかった。

「どうぞ」とその男が案内を引き継いだ。二人は部屋の中へ入る。ホテルの女性は、通路でお辞儀をしていたが、ドアはゆっくりと閉まった。

通路を進み、ガラスの大きなドアを開け、広い部屋に出る。ホテルの一室ではなく、普通の住宅のような感じだった。オレンジ色のソファが三脚、窓際に置かれている。右へ部屋がつながっていたが、そちらから三郷元次郎が現れた。シャツにベストで、ネクタイもなく、フランクな雰囲気で、これまでとは違った印象だった。

二人は、一番大きなソファに並んで腰掛けた。案内の男はどこへ行ったのか、姿を消し、三人だけになる。

「雨宮さん、加部谷さん、どうも、お呼び立てして申し訳ない」彼は言った。「今日は、話が簡潔になるように努めます。私は、どうも、その、人に嫌われたくない、という観念を強く持っておりまして、とにかく、誤解されないようにと気を遣ってしまう。方々から指摘されているところです。はい、えっと、なにか飲まれますか?」

「お気遣いなく。お話を伺うために来ました」雨宮が、アナウンサのような歯切れの良い発声で話す。「栂原恵吾さんについて、ご存知のことがあるのですね?」

「そうそう、そうなんです。これは、明知大河から聞いた話ではない。明知に、どうしたものかと話したことはあります。これは、明知は、黙っている方が良い、と言っておりました。まず、それをご承知おきいただきたい。彼には無関係です。私にこの話をした人物は、情報通でしたが、一昨年に中東へ移住して、その後行方知れずとなりました。死ぬには早いので、生きているものと思いますけれどね。で、その栂原の話なんですが……」

二人は黙っていた。加部谷はちらりと雨宮を見る。雨宮は、三郷をじっと睨んでいるようだ。早く話せよ、と言いたそうだった。しかし、多くの場合、一番有効な圧力は沈黙なのである。これは、以前に誰かから聞いたことがある。小川だったかな、と一瞬考えたが、思い出せない。今思い出さなくても良いだろう、と頭を切り替える。

「栂原恵吾の前妻の事件なんですが、ご存知でしょう？　ちょうど、ひと回りして十二年になるのか、別荘の近くで刺されて倒れていた。栂原は、幸いアリバイがあった。北海道でファンの集いに参加していたんです。あの、こういったことは、雨宮さん、お聞きになりましたかね？　栂原が話しましたか？」

「いいえ。でも、事件については承知しております」雨宮が答える。そこで、きっぱりと、また沈黙を作り出した。

「警察も、もう捜査していないかもしれない。かつては、時効というものがありましたが、あれは、もう廃止されたのかな？」

「そうです」雨宮が即答した。

「うん、とにかく、その奥さんが殺されたことで、栂原には遺産が転がり込んだ。あの頃の彼は、破産寸前だった。いや、奥さんから借金をして、映画を作っていた。かなりの額だったはずです。まったく当たらなかった。だから、あの事件は、彼には渡りに船だったわけです。警察も当然、それを疑った。なにしろ、強盗殺人にしては、取られているものが少なすぎる。金目のものが残っていた。山の中で、車で近づくにも、逃走するにも、目立つ場所だった。普通の物取り目的で狙うはずがない」

「でも、ご本人にはアリバイが」痺れを切らしたのか、雨宮が言った。

「そうそう、それは、はい、確かなことでした。遠く離れた場所にいたのだから、疑いようがない。そのファンの集いに、実は福森宏昌君が出席していましてね」

「え、そうなんですか」雨宮は身を乗り出した。

「まだ、デビューをするまえ、ですから、福森という名前でもない。単なる田舎のね、普通の青年だった。もしかしたら、そこで、栂原に気に入られたのかもしれない。はは、この話は、明知の耳に入って、私に伝わったというわけです。酒の席になると、そういう話がぐるぐると回るもんでしてね。しゃべらそうと思ったら、酒を奢ることです」

三郷は、満足そうに微笑み、ソファの背にもたれると、脚を組んだ。

「なにか、飲まれませんか？」彼は、加部谷を見て尋ねた。

「いいえ、けっこうです。ありがとうございます」加部谷は答える。早口になっているな、と自分でも思った。

「あの、お話はそれでお終いですか？」雨宮が尋ねる。

「いやいや、もちろん、まだ序の口。これからが、大事なところです」片手を広げ、三郷が答える。「雨宮さん、寒くありませんか？　もっと暖房の設定を上げましょうか？」

「寒くありません」雨宮が即答する。話が寒い、と言いたげだ、と加部谷は思う。

「アルコールでもけっこうですよ。ワインかシャンペーンもありますよ」三郷がきいた。

「いりません」雨宮が答える。かなり鼻息が荒くなっているように見える。

「そうですか。私は、ちょっと飲みたい。これを話すには、素面（しらふ）では、はぁ……」三郷は立ち上がり、隣の部屋へ歩いていった。

雨宮は、加部谷に顔を近づけ、口を歪（ゆが）ませた。爆発寸前ではないか、と加部谷は心配になり、片手を雨宮の膝に触れ、落ち着いて、と言い聞かせるジェスチャで答えた。

隣の部屋のキャビネットで、三郷はグラスにウィスキーかブランディを注いでいる。冷蔵庫も見えたが、そこは開けていない。ストレートで飲むようだ。彼は、窓の外を眺めながら、立ったままでグラスに口をつけた。それから、首を後ろにのけぞらせ、目を瞑る。二人は彼を凝視していたが、その視線をようやく感じたらしく、こちらを見てから、戻ってきた。グラスを持ったまま、ソファに座り直し、また一口飲んだ。

「福森君の先輩だったか、地元の人がいて、名前は知りませんが、その男が、栂原恵吾の奥さんを殺したんですよ」三郷は、一気に話した。

「本当ですか？」雨宮が声を上げた。「証拠は？　誰の証言ですか？　どうして、それをご存知なのでしょうか？」

「つまりね、最初は福森君が頼まれたが、自分では無理だと思い、その筋の、ああ、つまり、そういった裏の稼業の先輩がいたんでしょう。結果的に、その人物が、長野まで行って、奥さんを殺した。強盗に見せかけてね」

「本当の話ですか？　それ、誰が殺人を依頼したのですか？」

「そりゃあ、殺したい人物ですわな」

「栂原さんが、殺人を依頼したということですか？　そんな簡単にできることでは……」

「わりと簡単なんですよ。金さえ積めばね。栂原さんは、金欠だったが、金を借りることはできた。奥さんの資産がありますから。もちろん、上手く事が運んで、借金も返すことができた。ばんばんざいってところでしょう」

「殺人ですよ」雨宮が言った。「三郷さん、今のこと警察にお話しになられましたか？」

「いいえ。話しておりませんよ」彼は首を横にふった。そして、グラスを口につけて、残りを飲み干した。「話したって、なんの証拠もない。確かめにいけば、そんなことは話していない。酒の席ででっちあげた嘘だと言われるだけです」

「その殺人犯は、誰ですか？　どこにいるのか、ご存知ですか？」

「私は知らない。知っているとしたら、福森君だ。彼の知合いらしいからね。でも、風の噂というか、後日談のように伝わってきた話では、その男、別の事件で既に服役しているそうですよ。本当かどうか知りませんがね。どうです？　本に書けませんか、このネタ」

「それ以前に、警察に伝えます」雨宮が言った。「よろしいですか？」

「もちろんけっこうですよ。でも、私は、知らない。警察には話しません。貴女だから話した。小川さんでも話しましたよ。でも、警察が来たら、そんな物騒（ぶっそう）な話聞いたこともない、ははは、で終わりですな。お二人とも若い。世間をまだまだこれから見て回るんでしょう？　だんだんとね、わかってきますよ、世間というものがね」

9

二人は、ホテルを出ると、すぐに小川に電話をかけ、三郷が話した内容を伝えた。小川は、牛田刑事に連絡すると言って、電話を切った。

「凄い話を聞いてまったわぁ」雨宮が言った。「こんなの、どうしよう。困ったぜぇ、本の企画、もう駄目かもしれん。あぁぁ、くそぉぅ！」

「しばらく、ちょっと、栂原さんに会わない方が良いかも」加部谷は話した。「それとも、この話を正直に、そのまま彼にぶつけて、どうなのかって問い質すか、どっちかだよ」

「うん。まあ、後者だわな」雨宮が頷く。「それがジャーナリズムってもんだ。だけど、何をされるかわからんで、加部谷も巻き添いになる。そのときの実行犯が捕まっていたとしても、きっとまた別の人物がいるでな。何人もいるんだぜ、きっと。秘密を知られたら、抹殺されるんだに」

「うん、だから、ちょっと頭を冷やして考えよう。だって、三郷さんだって、殺されていないんだから」

「それは、秘密が漏れていることを知られていないからだよ」

「じゃあ、私たちも内緒にしておく？」

「それしかないか？」

「小川さんに話しちゃったよ」

「小川さんと、話し合わんといかんな。今から会いにいこう」

加部谷は、再び小川に電話をかけた。だが、小川は出なかった。メールを送ると、三十分も経過してから、〈牛田刑事と会って話をしています〉とだけ返ってきた。

その頃には、二人は、自宅へ帰る電車に乗っていた。

小川に会うのは明日にしよう、という話になった。小川は警察に、この話をしている。警察がどう動くのかを早く知りたかった。

駅から夜道を二人で歩くときも、いつもより多く後ろを振り返った。時刻はまだ七時過ぎ。車道の車はのろのろと進み、人が歩く速度と大して変わらない。マンションの手前でコンビニに寄り、食べるものを買っていくことになった。できるだけ早く帰りたい、という気持ちを二人とも持っていたからだ。

自宅に戻り、エアコンをつける。しかし、加部谷の炬燵の方がすぐに温まるので、そこに二人で入り、買ってきたものを食べた。小川からは、その後連絡はない。雨宮には、出版社からメールが届いていたらしいが、すぐに返事ができない、と彼女は漏らした。

「困ったなぁ。あんな話、聞くんじゃなかった」雨宮が呟いた。

「でも、知らなかったら、むしろ危なかったかも。あとで明るみに出たときにも、非難される立場にならない？」

「非難される謂れはないわさ。知らぬが仏でな、知らんかったら、なにも悪くない。知っていても、悪くはないけれど、知っていることを知られることが悪い」

「でも、もう警察に話しちゃったわけでしょう？　だったら、私たち、もう危険からは脱しているんじゃない？」

「うん、まあ、口封じにくるようなことはないけどが、よくもバラしてくれたなっていう恨みの対象ではあるがね」

「そうか、うーん。その、恨んでいるのは、誰？」

「それは……、栂原さんだわさ」

「それで、刺客をこちらへ放つというわけ？」

「だから、刺客ではないと思う。いくらなんでも、そこまで恨まれるほどではないぎゃぁ。こちらから無理に聞き出した話でもないし。知らんうちに聞いてしまったんだにぃ」

「ううん、それはちょっと無理があるね。栂原さんの取材をして、本を出そうとしているからこそ、入ってきた極秘情報なんだから」

「しかしなぁ、なんの証拠もない。ガセかもしれん。ありそうな話だという気がするのは、もともと、牛田刑事から昔の事件や、あと、そのよく似た事件の話を聞いとったからじゃんか。ほやろ？　なんか、そういう既成概念が植えつけられたうえでの、今日の話なわけだ。なにもかもが想像というか、特別な環境でつい錯覚してしまうような、いわば幻想というか、まぼろしなんだ」

「まぼろしだったら良いけれど」加部谷は微笑んだ。「お腹がいっぱいになったら、ちょっと落ち着いたね」

加部谷の端末が振動した。食べ散らかしたゴミに隠れていた。探し出して、手に取ると、小川からだった。

「はい。もう帰っています。小川さんは？」

「あのね、今、牛田さんと一緒なんだけれどね、福森さんから電話があって、会って話がしたいって言ってきたの」

「福森さんが、小川さんに？　どうしてですか？」加部谷はきいた。

「わからないけれど、草元さんが調査依頼をしたことを知っていたんじゃない？」

「ああ、そうか、メモかなにか残していたんですね」

「とにかく、福森さん、また自宅へ戻ってきていて、今そちらへ向かっているんだけれど、私たちよりもまえに、警官が駆けつけていて、それで、福森さんがね、自宅で亡くなっているのを発見したって、たった今、連絡があったばかりで……」

「え？　亡くなったって、どうしてですか？」

「そこまでは聞いていない。そういうわけで、あとでまた連絡します」小川はそう言うと、電話を切った。

「誰が死んだって？」雨宮がきいた。

「福森さんみたい」加部谷は答えた。「小川さんと牛田刑事が、いま福森さんのところへ向かっている」

「殺されたのか？　もしかして、栂原さん絡み？」

「続報を待ちましょう」加部谷は言った。

「こういうとき、落ち着いとるよな、あんたは」

「そう見えるだけ。頭がぼうっとして、放心状態なんだね」

「腹が膨れたで？」

「まあね」

二人は、炬燵に入ったまま、後ろへ倒れ、仰向けになった。

しばらく沈黙。雨宮が溜息をつく。加部谷もつられて溜息をついた。

「玄関の鍵かったぁ？」雨宮がきいた。

「え、私？」

「あんたが、あとから入っただろ？」

「うーん、締めたかなぁ」

雨宮はさっと立ち上がって、部屋から出ていった。しかし、すぐに戻ってくる。

「かったった」と報告する。施錠が確かめられた。「バットみたいなもん、準備しとかなかんな。なんかないか？」

「バット？」

「武器になるもん」

「大丈夫だよう。二人いるんだから」

「うーん、あんま頼りにならんけどなぁ」

「福森さんが、草元さんを殺した犯人なのかなぁ。それで、凶器の小道具も隠していたし、釈放されたら、警察をまいて逃げていたし。でも、観念して、もしかしたら自殺をしたのかも」

「栂原さんのまえの奥さんの事件でも、関与していたわけだから、バックに栂原さんがおるの、ほぼ明白だがね」

「なんとか、真実を暴（あば）かないと」

「暴けるかなぁ」

「純ちゃんしかいないよ」

「何がぁ？」

「暴けるの」

「あばずれみたい」

「とにかく、出版に漕ぎ着けなくちゃ」加部谷が起き上がって言った。

「え？　どうして？」寝たままの雨宮がきいた。

「売れるよ」

第4章　訪れない閉幕

手口とシグナチャーは、犯罪の分析にはきわめて重要な概念である。手口は学習した行動であって、犯人が犯行を重ねるにつれて変わっていくこともある。つまり流動的である。これに対してシグナチャーは、犯人が自分自身の欲求を満たすためにかならずおこなうことであり、したがって変化しない。

1

その夜は、炬燵でワインを飲み、加部谷はその場で眠ってしまった。朝の七時に目が覚め、遅刻だと焦ったが、端末を見ると、小川から〈出勤、遅くなります〉というメッセージが届いていた。

たしか、牛田と一緒のはず。これはただならぬことだ、と思ったが、すぐに福森宏昌が死亡したことを思い出した。キッチンへ出ていくと、雨宮がパジャマ姿で部屋から出てきた。ちゃんと着替えて寝たことに感心した。

「なんか連絡あった？」雨宮がきいた。

「ない」加部谷は首をふる。「ニュースもまだ出ていないみたい」

二人とも朝ご飯を食べる気になれず、コーヒーを淹れることにした。そのとき、チャイムが鳴った。

「誰？」加部谷は、雨宮の顔を見る。

「こんな時間に……」雨宮は、青ざめている。「バットか、なんか……」

「私が見てくる」そう言って、加部谷は玄関に向かった。

忍足(しのびあし)で近づき、ドアのレンズから覗き込むと、外に立っている人物が判明。ほっとして、ドアを開ける。

「おはよう」小川令子は、そう言うと、片手で箱のようなものを前に出す。「すぐそこで、ドーナッツ買ってきた」

「一人ですか？」加部谷は尋ねた。顔を外に出して、通路の左右を窺った。

小川を中に入れ、ドアを施錠する。キッチンへ行くと、雨宮は自室に入ったらしく姿がない。小川が来たことはわかったみたいだ。

「突然ですみませぇん、雨宮さん」小川が奥へ声をかける。

「どうして、ここを知っているんですか？　私、まだ住所を届けていませんけれど」加部谷は尋ねる。

「情報屋がいるから」小川は澄ました顔である。

「情報屋？　まさか、牛田刑事？」

「違う。三郷さん」小川は、口を尖らせる。「牛田さんが、そんなことするわけないでしょう」

「三郷さんの方が問題じゃないですか」

「うーん、まあ、そうかもね」

「えっと、どうだったんですか？　福森さんは？　もしかして、小川さん、ずっと徹夜で？」

「そう。牛田さんとも、警察の人たちとも、ずうっと一緒だったよ。二人きりだったのではありませんからね。福森さんは、意識不明の状態で病院へ搬送。発見されたときは、心肺停止だったそうです。でも、その場の措置で、蘇生が上手くいったみたい。彼が自宅に戻ってきたのを、警察は把握していて、君たちからの情報を得て、身柄の拘束に踏み切った。それで、強制的に部屋に入ったのが、功を奏したってわけ、結果的にね」

「亡くなっていないんですね？　良かったぁ」雨宮が自室から出てきた。パジャマから着替えて、ジャージ姿である。「怪我をしていたんですか？」

「いえ、そうじゃなくて、なにか飲んだらしいの。まだ、詳しいことは、わかっていません」

「服毒自殺ですか？」加部谷は尋ねた。「睡眠薬を飲んだのですね？」

「本人が生きているから、回復すれば、事情が聞ける可能性はあるけれど……、今は集中治療室。福森さんの自宅の様子をね、私も見せてもらったんだけれど、玄関には鍵がかかっていたし、室内を荒らされた様子もない。彼は、リビングのソファで横になっているところを見つかったんだけれど、薬物の瓶などは近くになかった。お酒を飲んでいたみたいだから、グラスとか、ボトルとかは、検査に回っている。自殺なのか、誰かに毒を盛られたのか、そのどちらかでしょうね」

「自殺の線が濃厚ですね」雨宮が言った。「殺すのなら、毒殺みたいな回りくどいことはしないのでは？　今までの事件から考えても」

「同じ犯人かどうかはわからないじゃない」加部谷は指摘する。

コーヒーができたので、三人でドーナッツを食べた。

加部谷と雨宮は、三郷と会ったときの話を小川にした。これに対して小川は、牛田刑事は、もともと実行犯が別にいて、栂原が殺人指示をしたと考えている、と話した。アリバイがあるのだから、当然だろうと。ただ、福森宏昌が、そんな時期から関わりがあったことは、警察もおそらく知らなかったはず。だから、その情報を得て、古い事件の参考人として、警察へ同行願おうとしたのだろう、というのが小川の解釈である。

「なにか、お金の動きを把握しているような感じだったのね」小川は話した。「尾行をまかれてしまって、警察も焦っていたんだと思う。たぶん、どこへも行かないと約束させていたんじゃないかな。それで、自宅に戻ってきたところへ、朝を待たずに踏み込んだのは、そうだとしか思えない」

「だいぶ、事件のことが見えてきましたね。警察は、いよいよ栂原氏を取り調べることになるのでは？」加部谷が言った。「牛田刑事、なにか言っていませんでした？」

「ううん」小川は首をふる。

「私は、どうしたら良いでしょうか？」雨宮が高い声できいた。「そろそろインタビューも終わりで、原稿も八割がた書いたところなんです。事件が急転直下で決着したりしたら、本はどうなるのかなぁ……」

「それは、出版社の判断になるのでは？」小川が言った。「執筆は進めておいて、いつでも出せるようにしておくのが最善だと思う。話題性が高まるわけだから、出版が早まる可能性もあると思う。売れるんじゃない？」

「なにも知らずに取材をして書いた、ということにするわけですね」雨宮が眉(まゆ)を顰(ひそ)めて言った。「最初から、疑いがあることを聞いていたのだから、嘘をつくことになって、抵抗があります」

「嘘をつく必要はないよ」加部谷が言った。「信じられなかった、ということでどう？

証拠もない作り話だと思ったって」

「実際、半分くらいそう思っとったよ、私は」雨宮が唇を噛む。「うん、そうだね。簡単には信じられないのが普通だよね。周りの状況が、そう見せているみたいなところがあった」

「周りの状況?」小川が尋ねた。

「雪上流血美女連続殺人という先入観です」雨宮が答える。

「それも、全部、想像上の話だったし」加部谷が説明した。「逮捕できるような根拠はなかったのだし、ふわっとしたイメージにすぎない。実際に見たものではないし……。でも、そういうイメージで、すべてを捉えてしまうから、錯覚しちゃうわけ」

「でも、牛田さんたちが調べて、ある程度の事実は積み重ねられているんじゃない?」

「状況証拠ですよね、全部」加部谷が言う。

「それは、しかたがないでしょう。それ以上の証拠があったら、今頃事件は解決しているはず」

「次のインタビューの日程がまだ決まっていなくて、今日か明日くらいに連絡して決めることになっているんですけれど」雨宮が話した。「大丈夫でしょうか? なんか、怖くなってきました」

「風邪をひいたら?」加部谷は提案した。「具合が悪いからって、先延ばしにすれば?」

「それ、どんな解決になる？」雨宮が睨んだ。

「今はちょっと、時間が必要なんじゃない？　警察が薬物を調べているんだし、福森さんが回復して証言するかもしれないし」

「そうね。状況が変わる可能性もある」小川が同調した。「ところで、今日は事務所はお休みにしようか？」

「あ、臨時休業ですね」加部谷は手を叩く。「小川さん、ここにいて下さい。三人いれば安心です」

「何が安心なの？」

「ホームセンターで角材を買ってこようか？」加部谷は雨宮に言う。

「角材？」小川が首を傾げた。

2

小川は、リビングのソファで数時間眠ることができた。その間、加部谷も雨宮も、自室にいたが、雨宮は仕事、加部谷は寝直した、と聞いた。ランチは、冷蔵庫にあったものので、小川がパスタ料理を作った。雨宮と加部谷は感激して大喜びした。それを食べているとき、牛田からメールが届き、二つの新情報がもたらされた。

一つは、福森宏昌はまだ意識を取り戻していないものの、生命維持の観点では比較的安定しているとのこと。もう一つは、福森が飲んだアルコールから毒物が検出されたことだった。この二つめの事実は、警察には衝撃的だっただろう、と牛田のコメントが添えられていた。

つまり、自殺ではない、ということがほぼ確定されたからだ。百パーセント断定はできないものの、自殺であればわざわざアルコールに混ぜて飲むようなことはしない、というのが通例だからである。

自殺でなければ、他殺ということになる。では、誰が福森を殺そうとしたのか。最も単純に行き着く仮説は、草元殺しを福森に指示した主犯が口を封じた、というものだ。それは、昨日、雨宮と加部谷が聞いた話、すなわち、主犯は自分の手を汚すことなく、殺人を依頼する、というパターンとも一致する。毒殺というのは、自らの手で殺す手法とは対照的に、最も間接的といえる。いわば、毒を混入した飲みものに殺人を指示する、と捉えることができるからだ。

ニュースでは、福森宏昌の身に起こったことが、まだ報じられていない。検査結果が確定するのを待っているのか、福森の回復後の供述を期待しているのか、いずれにしても、警察が情報をコントロールしていることはまちがいない、と小川は話した。牛田からはその後連絡は、まだないらしい。

雨宮は自室に籠もって、パソコンで執筆中のようだ。加部谷と小川は、炬燵に入ってお茶を飲みながら、事件に関係のない話をしていた。

依頼を受けて活動する探偵業のほかに、なにかできるビジネスはないだろうか、というテーマだった。商売を始めるには、場所も資金も足りない。なにかのコンサルタントをしようにも、二人ともこれといって専門技術を持たない。観光ガイドや、タクシーの運転手なども候補に挙がったものの、それならば、どこかでバイトをするか、という話に行き着いてしまう。加部谷は、もうスーパのレジはちょっとしんどいな、との感想を話した。

「貴女は、まだ若いでしょう？　躰を動かして働いているうちに、また体力は戻ってくるよ、きっと」と小川が言うと、加部谷は言い返した。

「小川さんだって、まだ充分に若いですよ」

「いやぁ、私くらいになると、ちょっともう難しいんだよね。同じ職種ならなんとかなるけれどさ。新しいものを簡単に取り入れられない、ていうのかな。覚えられないし、ついていけない感じになる」

現在はまだ事務所の賃貸料を免除されている。これは前社長の遺産のようなものだった。この期限が切れたら、現在の収益で事務所を維持することは不可能で、店舗のないネット上の商売に切り替えるしかない。そうなっても、大して今と変わらないともいえる。なにしろ、客が訪ねてくるようなことは滅多にないのだから。

「鷹知さんに相談してみたら、どうでしょう？」加部谷は言った。

「そうだね。でも、迷惑じゃないかな」

「どこか、同業で人材を探しているところがあるかもしれませんよ」

「まあね。でも、二人は無理。一人だったらなんとかなるかも。その場合は、貴女を推薦して、私は一人でもう少し続けるつもり」

「まだ、そこまで切羽詰まっているわけではありませんよね？」

「うん、それはそうだけれど、一年後はわからないよ。今から考えて、準備をしておかないと」

「一年後のことなんて、しばらく、私、考えたことありませんよ。行き当たりばったりで、これまで来ましたから」

「貴女は、今はね、そのぉ、何ていうの、ちょっと休息する期間なんだと思う。ゆっくり休んで、心も躰もね、調子を整えるのが先決。じっくり考える時間はあるわよ」

「躰は健康ですよ。心も、だいたい、まあ、こんなもんだと思います。ええ、もう大丈夫です。ご心配をおかけしてすみません」

「私なんか、リハビリをしているつもりで何年？　ようやくだよ、最近ね、少し元気が戻ってきた」

「私、今は雨宮さんと小川さんに、もの凄く頼っていて」加部谷は言った。「なんとか、その、少しでもお返しがしたいんですけれど、もう、それが、生きる目的になっています。それがあるから、生きていける気が、毎日しているんです」

「そういう話を聞くと、駄目、泣けてくるから、やめましょう」小川は、加部谷の肩に片手を触れた。「私は全然かまわないんだ。雨宮さんは、そうね、頑張っているみたいだから、友達として応援してあげて」

「今の仕事、大丈夫でしょうか？」

「どういうこと？」

「栂原恵吾さんに接近しすぎていないか、ということです。利用されているのではって、彼女は疑っています。でも、仕事なんだし、出版社には急かされているみたいだし、彼女、私の半分以下の睡眠時間だし、そうかといって、なにも手伝ってあげられませんし」

「でも、一緒についていっているんでしょう？　インタビューのときは」

「はい、それはそうですけれど、私が一緒でも、さほど安全率が高まるとは思えません。それこそ、バットか角材でも持っていかないと」

「ああ、角材って、そういうことだったのね」

「ええ、そうです。冗談じゃなくて、本当になにか備えておかないと」

「私、まえに空手を習いにいったことがある」小川は思い出して、笑ってしまった。

「西之園先生の影響でね」

「あぁ、西之園さんは、ちょっと特別ですから。でも、空手かぁ……」

「もし不安だったら、しばらくボディガードを雇ったらどうかしら？」小川は言った。

「そんなお金、ありませんよ」

「警察に相談したら、なんとかなるかも。きいてみましょうか？　あとは、常に録音しているか、撮影していること。レコーダを持っていれば、少し効果があるかも」

「なるほど、危険な場面で、それを見せるわけですね？」

「一番良いのは、事件が解決すること」小川は溜息をついた。「でも、これって、一つの事件なのかしら？」

「複数の犯人がいるかもしれない、そういう意味ですか？」

「無理に一つにまとめようとしていない？」

どたどたと足音が近づき、雨宮がドアを開けた。ノックもなかったのは、小川もいるためだろう。

「椙原さんから、今夜会おうってメールが来た」雨宮は、そう言うと炬燵まで来て、小川の横に座り込んだ。「どうしよう？　なんか怖いんだよね」

「私も行ってあげようか？」小川が言った。

「え、小川さんが？　加部谷の代わりに？」

「三人で行けば？」加部谷は提案する。「駄目だとは言われないんじゃない？」

「あ、そうだ。私、編集者ってことにしよう」小川が指を立てる。「そういうの、まえにもやったことがあったよね？」

「小松崎……、静香さんでしたっけ？」加部谷が言った。

3

小川は、小松崎静香の名刺を持っていなかったので、雨宮がパソコンとプリンタで新たに作った。この名前の人物は、いちおう実在するらしい。今回は、雨宮が実際に出版を予定している社名に変えた。できるかぎり、名刺を使わないようにしよう、と小川は言った。もうすぐ部署を変わるとでも言って、誤魔化すことができるだろうと。

小川は着替えるために帰宅し、雨宮は原稿の手直しのために自室に籠もった。加部谷は炬燵でぼうっとしていた。

三人は、夕方の四時過ぎに駅で再び合流した。小川は編集者らしい服装にしたと話したが、普段とあまり変わりはないように、加部谷には感じられた。

寒気の影響で、夜は冷たい風になる見込み。また、低気圧も近づいているらしい。夜半は雨になる予報だが、もしかしたら雪になる可能性もあると報じられていた。

栂原のインタビューが無事に終了したら、どこかで食事をして、帰りはタクシーにしよう、などとも話し合った。

「さっき、小川さんと話し合ったんだけれど、私、転職を考えているの。純ちゃんの関係でなにか就職口はない？　なんでもするよ。お給料も問わないし」

「なんで？　探偵になりたかったんじゃないの？」雨宮がきき返した。

「急ぐ話じゃないから、そういうの、候補があったら教えて」

「わかった」雨宮は頷いた。

加部谷はちらりと小川を見る。電車の音で、雨宮のむこう側にいる小川には聞こえなかったようだ。たしかに、自分は事務所にとって重荷になっている、と認識していたので、どこかへ移るのは、良い解決策になるだろう、と思った。

五時に栂原宅へ到着。玄関のドアを開けてくれたのは、栂原沙保里だった。

「あら、今日は三人でいらっしゃったのね」沙保里は言った。

「はい、小松崎と申します」小川がお辞儀をした。

「ええ、よろしくお願いします。どうぞ、お上がりになって下さい。寒かったのでは？」

三人で、奥のリビングへ入る。栂原はカーディガンのポケットに両手を入れて、窓際に立っていた。まず、小川をじっと見る。小川が自己紹介すると、表情が緩んだ。

「いつ頃、本にできますか？」彼はきいた。

「もうすぐ原稿が上がります」雨宮が答える。「先生にお目通しいただいて、修正して、それを再度見ていただきます。校閲も同時にチェックをします。それからですね？　小松崎さん」

「ええ、でも印刷や製本は、今はそんなに時間はかかりません」小川は応える。「内容に問題がなければ、一週間くらいです。そろそろ編集部でも具体的な日程を組むことになっておりますので、のちほど詳細をお知らせしたいと存じます」

「楽しみだね」栂原はソファに腰を下ろす。「さて、今日は、何を話そうか？」

「そうですね、もうひととおりはお聞きしました。文章を起こしていて、幾つか質問したいことがありましたので、まとめてきました」そう言うと、雨宮はファイルから、紙を一枚引き抜き、栂原に手渡した。「ちょっと、ご覧になって下さい。これは、今でなくても、メールでお答えいただいてもけっこうです。具体的な固有名詞などがほとんどですから、ご確認いただいて、のちほどでかまいません」

「ああ、そうだね、これは今すぐには、頭から出てこない。あとで、調べて送るよ」

ドアがノックされ、栂原沙保里が現れた。紅茶を運んできたのである。小川がすっと立ち上がって、手伝いにいく。なるほど、ああいうことをしないといけないのだ、と加部谷は思った。

紅茶のカップを並べ終わったところで、沙保里は対面するソファに腰を下ろした。小川も座り直した。

「えっと、お名前、さきほどお聞きしましたけれど」沙保里が小川に片手を向ける。

「小松崎と申します」小川は再び立ち上がってお辞儀をした。

「どこかで、お会いしたことがありますか?」沙保里がじっと小川を見つめる。

「いえ、あの、先日『望郷の血』を拝見しました。そのあと、握手をさせていただきました。それ以外では、お目にかかったことはありません」

「あら、では、一度のことが目に焼きついていたのかしら」沙保里は微笑んだ。

「映像記憶ですね」小川は言った。「美術系のアーティストさんには、多いと聞きます。美的センスが特に際立っている方に……」

お上手も手慣れたものだな、と加部谷は感心する。流石に元社長秘書だ。この人からもっと学ばなくては、と再認識した。

「そういえば、福森宏昌さんは、お芝居に再登板されないのでしょうか?」雨宮が栂原を見て質問した。だが、加部谷は自然に沙保里へ視線を向けた。一瞬だけ、表情が硬くなったものの、笑顔を崩すことはなく、夫の方へ顔を向けた。

「任意同行と聞いたので、降板となったのだが、思ったとおり、それは、小道具を持ち帰ったことに関しての誤解だったようだね」栂原が眉を顰めて語った。「釈放になって、こちらにも連絡が来ましたよ」淡々とした口調だったが、彼はそこで溜息をつき、窓の方へ顔を向ける。数秒間横を向いていたが、こちらへ向き直ると、少しだけ口もとを緩めた。「まあ、どうするのか、本人がどう考えているのか、それから、スタッフの意見も聞かないといけないだろう。僕は、どちらでも良いと思っている。無理を言って代理を頼んだのだから、また交代というわけにはいかないかもしれないがね」

どうやら、福森が病院へ搬送されたことを知らないようだ。あるいは、知らない振りをしているのか。沙保里の表情からも、そのあたりのことは、まったく読み取れなかった。

「福森さんとは、長いおつき合いがあるとお聞きしましたけれど」雨宮がさらにきいた。いつもより積極的な姿勢だが、小川がいるせいか、それとも、沙保里が同席しているからか、と加部谷は考える。

「うーん、そうでもない」栂原は首をふった。「役者としての彼を認識したのは、ついこのまえのことで、明知さんからだったかな、紹介されて、うん、『望郷の血』には使えるな、とは思ったね」

「どんなところがでしょうか?」雨宮が質問する。

「一見、好青年だが、その明るさの下にあるものが、ときどき窺える、そんな演技が自然にできる」栂原は言った。「若いうちは駄目でも、中年になってから、厚みが出てくる役者だと思う」

「奥様はいかがですか？　共演をなさって」雨宮は沙保里に尋ねた。

「私は、舞台では、もう皆さん、誰もがライバルなんです。元気の良い方だな、と思ったくらいかしら」沙保里は、夫の方を向いた。「でも、荒削りだって、おっしゃっていませんでした？　ちょっと、田舎くさい感じ？」

「そうだ、言ったかもしれない。荒削りっていうのは、悪い意味じゃないよ。なにしろ、真似ができないからね」

「役者になりきれていない部分をお持ちです。地なんでしょう、あれはきっと」沙保里がおっとりとした口調で話した。

「地というのは、普段のことですか？　それとも、生まれながらのものという意味でしょうか？」

「どちらかは、私にはわかりません」沙保里は口に手を当てて微笑んだ。「ごめんなさい、お邪魔をしてしまって……」彼女は、そこで立ち上がった。「毎日、台本を読んでいますの。繰り返し読んでいると、また違った印象というか、解釈を思いついて、それが、明日のお芝居に出てくるんです。毎日、違う演技がしたいと思っているの」

「うん、日に日に良くなっていく」梅原が言った。「本番でも、映画のように同じじゃないんですよ、演劇はね。どんどん進化する。そこが面白い」

梅原沙保里は、軽く一礼してから部屋を出ていった。

「あの人はね、女優になるために生まれてきたような女なんだ」�原は、しばらくして自分から話し始めた。「どうして、僕と結婚なんかしたのか、いや、今でも不思議でしかたがない。まえの女房は、全然違うタイプだった。控えめで、尽くすタイプの、うん、まあ、昔ながらの日本の女性というのか、そういう人だった。沙保里は、対照的でね、このところ、しばらく休んでいたが、家の中に入るような女じゃない。仕事が生き甲斐なんだね、研究熱心だし、そう、周りはみんなライバルだって言っていたでしょう、そのとおり、闘争心があって、負けん気も強い。演劇の勉強もしていなかったのに、天性のものなんだね。まだまだ成長するよ、大女優になるだろう。僕は彼女を尊敬している」

雨宮は、じっと梱原を見つめていた。加部谷は、その雨宮の様子を窺っていた。次の質問を考えているのだろう。

「まえの奥様の事件について、今回の本に入れるかどうか、迷っております」雨宮は言った。質問にはなっていないが、核心といえる部分だろう。

「うん、それは、まあ、まったく入れないわけには、いかないだろうね」梱原は応える。「無関係かといえば、無関係だが、しかし、心情的には関係がある。確かにある。たとえば、雪のシーンで刺される部分など、共通している。思い出さないわけにはいかない。だが、そういう、消し去れない記憶の断片が、芸術を形づくる材料か、あるいは心を燃やすための燃料になっている、それはまちがいない」

「消し去れないというのは、忘れようと思っていても、忘れられないということですか？」

「もちろん、そうです。忘れられるわけがない。沙保里と知り合っても、何年も結婚など考えられなかった」

「今回のお芝居に、雪が降る中で起こる殺人を取り入れた意味は、何でしょうか？」雨宮がきいた。それだ、と加部谷は思った。雨宮がきかなかったら、自分が質問しようと考えていたものだったからだ。

「ああ、それはね、うーん、誰だったか、同じことをきかれましたよ。昔の事件と関係があるのかってね」栂原は、そこで自然に微笑んだ。「いや、そういうつもりはない。たまたまだね。今回の芝居では、そう、沙保里が言い出したんじゃなかったかな。雪が降るシーンを入れてはどうかって。ああいうのは、スタッフが嫌がるんです。掃除が大変だから」

4

インタビューは、二時間で終了した。これまでで一番長く話を聞くことができた、と雨宮はお礼を言った。今回を最後として、疑問点はメールで送ります、と同じことを繰り返した。栂原は、機嫌が良く、期待している、と雨宮に言った。

部屋を出て、玄関へ向かい、再度挨拶をしてから、三人は辞去した。通路に出て、エレベータに乗った。

「梱原さん、いつもあんなふうなの？」小川が尋ねた。「優しい熟年紳士といった印象。裏の顔があるようには、全然見えなかったけれど」

「今日は、今までで一番上機嫌でしたね」雨宮が言う。「というよりも、私たちに慣れてきたのか、だんだん優しくなりました。でも、いやらしい優しさではないですね。最初は、ちょっと、私、嫌な感じがしていたんですけれど、話を聞くうちに、この人は素直でわりと良い人なんじゃないかって、感情移入してしまいました。でも、そこが才能というか、演出なんでしょう、きっと」

「油断大敵」加部谷は言う。

「奥様を大事にされているところなんか、ぐっときちゃったけれど」小川が言う。

「小川さんは、そういうのに弱いところがありますね」加部谷は言った。

「そんな分析しているわけ？」小川が言い返す。

一階のロビィを歩くと、受付カウンタにいたコンシェルジュの女性が、こちらを見て、片手を横へ向けた。そちらに、立方体の椅子を並べた談話スペースのようなコーナがあり、梱原沙保里が一人腰掛けていた。こちらに気づくと、立ち上がって微笑んだ。屋外へ出ていくような服装ではない。

「少し、よろしいかしら」沙保里は囁くように話した。コンシェルジュには聞かれたくないようである。「雨宮さんに、一言お礼が言いたかったの。この企画を主人に持ってきて下さったこと、本当に感謝しています」

「いえ、そんな……、こちらからお願いしたことです」雨宮が応じる。

「実は、ちょっとお話ししたいことがあります。でも、ここでは無理。明日、開演のまえに、劇場の私の楽屋に来ていただけない？　お忙しい？」

「あ、いえ。大丈夫です。何時にお伺いしましょう？」

「それじゃあ、四時半」

「わかりました。助手も一緒でよろしいですか？」雨宮は加部谷を指差した。

「もちろんです」

それだけ話すと、沙保里は微笑むこともなく、さっとその場から離れ、エレベータホールの方へ急ぎ足で歩いていった。

三人は、無言で建物から出て、駅の方向へ歩道を歩く。幸い、雨も雪も降りだしていなかったが、風が冷たく、襟を立てたり、マフラを整えたりした。

「どこで食事をしますか？」加部谷がきいた。

「この辺のことは、私、よく知らないから」小川はコートのポケットに手を入れている。

「じゃあ、私の知っている店へ」雨宮が前方を指差した。「居酒屋が良いですか？　それとも、もう少し高級なお店？」
結局、居酒屋になった。入ったときは、満席かと思われたが、奥の座敷が空いている
と言われ、三人は店の中を一列になって進んだ。靴を脱ぐのに少々時間がかかったが、
座布団に座り、加部谷は足を伸ばすことができた。飲みものと、いつも食べている定番
の料理を幾つか注文した。
「ああ、良かったぁ」おしぼりを開けながら、雨宮が言った。「めっちゃ緊張した」
「鋭い質問だったよ」小川が評価した。「でも、沙保里さんは、何を話したいんだろう？」
「栂原さんに内緒で会いたい、ということかなぁ」加部谷は言った。「でも、それだっ
たら、楽屋はまずいか」
「いや、栂原さんは入ってこないでしょう。主演級だったら、個室だと思う」雨宮が言っ
た。「とにかく、自宅でも言えないし、あそこでも言えなかったってこと」
「きっと、福森さん絡み、なんじゃない？」小川は指摘する。「栂原さんは知らないみ
たいだったけれど、沙保里さんは、きっと福森さんと連絡を取り合っていて、なにかあっ
たことを知っていると思う」
「そうか。警察をまいたときに、福森さん、沙保里さんと会っていたかも」加部谷は思
いついたことを話す。
「それは、警察が一番張り込んでいるはず」小川が言う。「警察に見つかりたくなかっ

たら、会えないと思うな。電話をして、どこかへ呼び出すのならできたかもしれないけれど」

「そういう意味です」加部谷が答える。「ホテルくらいに呼び出したのでは？」

「沙保里さんも、警察に尾行されていたんじゃない？」小川が言った。

「牛田さんから聞いたのですか？」雨宮が質問した。

「いえいえ、そんな話をしていません」小川が首をふった。

ビールが届き、三人はまず乾杯した。

「ああ、美味いなあ」雨宮が溜息をつく。「なんとか無事にこの仕事を終わりたい」

「いつまでに書かないといけないの？」加部谷が尋ねる。

「いつまでっていうのは、決まってない。というか、最初に決めた締切はもう過ぎている。編集者との話の雰囲気では、明後日くらいが限度かなぁ」

「明後日ぇ！」加部谷が目を大きくして言った。「こんなところでビール飲んでる場合？」

「あと二日徹夜するために、栄養補給しとかんと。大丈夫、もうほとんどできとる。ただ、なんか足りない感に苛まれて、苦しい」

「苦しいの？　そんなの、待ってもらえば良いでしょう？」加部谷が言った。

「仕事っていうのはな、そんな簡単にいかんのよ！」雨宮は加部谷に顔を近づけて言った。「くそ忙しいのに、明日はまた、沙保里さんに会わないかんし」

「じゃあ、ビールは一杯だけにしといたら?」加部谷が言う。「代わりに私が飲んで、私が寝てあげるから」

「代わりに寝てもらって、そこで生まれたエネルギィを注入できたらなぁ」

「急ぐことないと思うわ」小川が言った。「事件が解決するのを待った方が良いって」

「解決しますか?」雨宮がきく。

「うーん、なんとなくだけれど、福森さんが一命を取り留めたことで、事件が動くんじゃないかしら」小川は言った。「毒を盛った犯人にとっては、計算違いだったでしょうから?」

「なるほどぉ」加部谷は口を窄める。「警察もそれで、情報を流さないようにしているんですね」

「生きていたら、真相をしゃべられて、まずいことになる、と思う。そういうこと?」雨宮が言う。

「もし、口封じで毒を飲まされたのだとしたらね」小川がつけ加えた。「意識を取り戻してほしいなあ。そうすれば、誰が犯人なのか、彼が語ってくれる。殺されるというのは、それを話す可能性があったってことだから」

5

翌日になっても、福森のことはニュースに出ていなかった。加部谷は、目が覚めると、まずそれを端末で確認した。時刻は十時を過ぎていた。昨夜帰宅したのは、十一時頃で、彼女は自室で炬燵に入り、そのまま眠ってしまったらしい。雨宮がさきにバスルームに入ったので、自分はそれを待っていたのだが、気を失ってしまったのだ、と思い出した。

着替えをして部屋から出ていった。キッチンカウンタに置かれたコーヒーメーカに、コーヒーが半分くらい入っていた。それをカップに注いで飲んでみると、だいぶ煮詰まっていた。つまり、雨宮がコーヒーを淹れたのだが、それはだいぶまえのことだ、と推理できる。

「純ちゃん?」控えめに呼んでみた。

「入って良し」と返事がすぐに返ってくる。

ドアを開けると、窓のカーテンが閉められていて、暗かった。奥のデスク付近だけが明るく、その手前のベッドに雨宮が仰向けに倒れていた。

「どうしたの? 大丈夫?」

「大丈夫。全部書き上げた。ついさっきな」

「凄い、あれからずっと仕事をしていたわけ？」

「もう、指の感覚がなくなりかけとる」両手を上げ、顔の上で指を動かす。「あぁぁ、眠いはずなのに、興奮して寝られん。何時？」

「えっと、十時十五分くらい」

「あんたは、十時間以上寝とらしたわけか」

「ごめんなさい。なにかしてほしいことある？　食べたいものあったら、作るよ」

「コーヒーの新しぃやつ。それと、トースト一枚」

「かしこまりましたぁ」加部谷は返事をして、部屋から出ようとした。

「福森さんは？」雨宮がきいた。やはり、同じことが気になっているのだ。

「なにも出ていない。連絡もない」

「そうか。もしかして、福森さん、亡くなっとるんとちゃう？」

「え？」

「書いとる間に、ふと思いついた」

「警察が罠(わな)を仕掛けているってこと？」

「わからんけど」

加部谷はキッチンへ戻り、古いコーヒーを捨ててから、粉とフィルタをセットし直した。それからパンをトースタに二枚入れた。雨宮のトースタは、昔ながらの形をしている。焼けると跳ね上がるタイプだ。もちろん、一枚は自分が食べようと思った。

カウンタの高いシートに腰掛け、端末を眺めた。誰からもメールが届いていない。事件に関するニュースもない。いつも、『望郷の血』や栂原恵吾で検索をしているが、これといって目立った呟きもなかった。

雨宮はバスルームへ行ったが、すぐに戻ってきた。顔を洗っただけのようだった。コーヒーができたので、カップに注ぐと、雨宮が立ったまま、それを飲んだ。トーストも焼けたので、皿にのせて彼女の前に差し出した。

「座ったら?」加部谷は言った。

「ん?」雨宮が、加部谷に視線を向ける。「そうか、自分以外に人がいると、立っていられんわけか」

「立ったままでもけっこうです」加部谷は言った。

雨宮は、もう片方の手でトーストを摑み、そのまま食べ始めた。加部谷は冷蔵庫へ行き、バターを取り出した。チューブに入っているタイプなので、塗る道具がいらない。これも、雨宮のところへ来てはじめて知ったアイテムである。

加部谷がバターをのせたトーストを食べ始めたときには、雨宮はもう食べ終わっていた。

「沙保里さんに会うまで時間があるから、一度寝たら?」

「うん」

「起こしてあげるから」

「めざましくらいある。君よりも信頼できる」

「そうだね。返す言葉もありません」

「沙保里さんが何を話すのかが、この仕事の勝負どころだな」雨宮が呟いた。

「勝負どころ？　なにか、決戦みたいな？」

「クライマクスというか、総本山というか、山場というか……、ああ、そう、正念場だな。だから、勝負服で行かなかん」

「勝負服」加部谷は言葉を繰り返した。「今までは、勝負しない服だったの？」

「おそらく、栂原恵吾の秘密をなにか握っていて、それを暴露しようとしているのだ」

ドラマのナレーションのような重い口調で、雨宮が語った。「愛想が尽きたか、暴力を受けているのか、自分の身も危ないと感じたのだ。きっとそうなのだ」

「そうか、毎日ナイフで刺されて殺される役を演じているんだからね」加部谷が言う。

「作者の意図が、天才女優には見えてきたというわけ？」

「それだ」雨宮は横目で睨みつつ指差した。「草元朱美さんも、それに気づいたのかもしれない。だから本当に殺されてしまったのだ」

「じゃあ、福森さんは？　彼は殺人犯ではない？」

「いや、実行犯ではあるが、ただの操り人形にすぎないのだ」

「どうして、アニメのナレーションみたいになっているの？」

「そんなことは、どうでもいいのだ。黙らっしゃい」

「鎮魂祭、黙らっしゃい」

「何だ、それ」雨宮が、加部谷を見た。「駄洒落か？　難しすぎるぞ」

「勝負服なんて、私持ってないんですけど」

「なんか貸したる」

「サイズが違いすぎるって」

「長さが違うだけだろ、太さは同じだろ？」

「言い方が、ハラスメントだと思います！」

「単なる事実観察」

「それが良くないって」

「では、三時に起こしてくれたまえ」

雨宮はコーヒーを飲み干したあと、自室へ入っていった。

「めざましは？」

6

雨宮純は、またミニスカートだった。それを貸してもらっても、自分が着たらミニにならないかも、と加部谷は思った。結局、自分の持っているものを着た。セータにジーンズ。それに一着しかないコートである。作業着だと思ってもらえるだろう。

劇場に到着し、関係者以外立入り禁止とあるドアを開けた。警備員に雨宮が、梱原沙保里と約束がある、と話すと、電話をかけて確かめてくれた。

通路を歩き、何人かとすれ違ったが、誰もこちらを見向きもしない。雨宮はけっこう派手な格好をしているのに、これくらいは普通なのだろうか、と考えながら歩く加部谷だった。

名前がドアの前に貼ってあった。時刻を確かめてからノックをすると、高い声で返事がある。奥へ長い部屋で、手前に目隠しのパネルが立っていた。それを回り込む。鏡のあるテーブルの椅子に、梱原沙保里が座っていた。服装はまだ芝居のものではないが、髪はかつらのようで、メイクの途中だったかもしれない。

「ごめんなさい、こんな顔で」こちらを見て、沙保里は言った。「そこにある椅子を、こちらへ持ってきて座って下さい」

折りたたみの椅子が壁際に立てかけてあった。二人はそれを広げながら、沙保里に近づく。

「お一人でメイクをするのですか?」雨宮が尋ねた。

「いいえ、スタッフがいます。今は出ていってもらったところ」沙保里が答える。回転椅子をこちらに向ける。「呼び立てて、ごめんなさい。どうしても話しておきたいことがあります」

「はい」雨宮が頷く。「録音してもよろしいですか?」

「それは困ります。私が話したことも内緒にして下さい」

「わかりました」

「もし、私が漏らしたと知れたら、たぶん……」

「どうなるのでしょうか?」

「殺されます」沙保里は、表情を変えずに答えた。しっかりとした発音だった。「そういう人なんです」

「どなたが、ですか?」

「主人がです」沙保里は、そこで声を落とす。「福森さんから聞いたの。主人は、まえの奥様を、人を使って殺させたって」

いきなりの言葉だったので、雨宮は黙り、加部谷も息を止めていた。

「驚いたでしょう？　私も聞いたときには、信じられなかった。でも、福森さんは、その主人の依頼を取り次いだんです。お金をもらい、知合いのヤクザに金を渡した。それは前金だったって。殺したら、その二倍を払うという約束だったそうです」

「それ、いつお聞きになったのですか？」雨宮が質問した。

「えっと、この『望郷の血』が上演される少しまえですね。稽古で福森さんと知り合って、一緒に飲みにいったときに、実はって、彼が話してくれたの」

「何故、今頃になって、それを話したのでしょうか？」

「はっきりと理由を聞いたわけではありません。ただ、彼、身の危険を感じていると言っていました。その知合いのヤクザは刑務所にいるそうですけれど、仲間が福森さんのことを知っていて、金が取れると話していたと、それを聞いて、心配して、私に話しておこうと思ったようです。でも、殺されたのは、草元さんでした。きっと、草元さんも、事情を福森さんから聞いていたんじゃないかしら。だから、殺されたんです」

「福森さんが殺したと、警察は疑っているようですけれど」

「ええ、知っています。仕掛けのあるナイフを隠していたからでしょう？　いえ、もしかしたら、草元さんを殺したら、見逃してもらえると言われたのかもしれません。そうすれば、もう福森さんも、なにも話せなくなりますから」

「それは、ええ、筋が通りますね」雨宮が言う。加部谷も、何度も頷いていた。

「私も、いろいろ考えてしまって、怖くなってしまって、どうしたら良いものか、わからないの。警察に相談すべきでしょうけれど、そんなことをしたら、なにもかも失うことになります」

「でも、命には代えられないのではないでしょうか？」

「ええ、でも、私にとっては、命と同じくらい大事なものが沢山あります。わかっていただけないかもしれないけれど」

「私にお話しになったのは……」

「万が一のときのためです。私が殺されたら、警察にこのことを」

「でも、証拠がありませんから」

「これを持っていて」沙保里は、バッグを引き寄せ、中から小さなものを取り出し、それを雨宮の手に握らせた。メモリィスティックのようだ。

「私が生きているうちは駄目です。今は、このお芝居を成功させることが、なにものにも優先される。私の我儘です。どうかお願いします」

「わかりました。お預かりします」

「その中を見れば、私の話が本当のことだってわかります」

「あとで、中を見てもよろしいですか？」

「あまりおすすめはしませんけれど、でも、内緒にしてもらえるなら、ええ、ご自由になさって下さい」

「はい、承知しました」

沙保里は、壁にかかった時計を見た。

「あと十分くらいしたら、栂原がこちらへ来ます。そのまえに、帰って下さい」

雨宮と加部谷は、言われたとおり、大急ぎで劇場から出た。すれ違う人たちにも注意したし、何度も後ろを振り返った。

「これは、ちょっとしたものだ」階段を下りている途中で、雨宮が言った。

「その中身を見ないと」加部谷は言った。「タクシーで、私の事務所へ行こう」

電車に乗るのが危険なように感じた。スパイ映画のようなシチュエーションだ、と話し合った。三十分後に、事務所の前でタクシーを降り、急いで階段を駆け上がった。既に日が暮れていたが、事務所には照明が灯っていて、まだ小川令子がいることがわかった。

ノックもせずに事務所に飛び込むと、男性がソファに座っていた。振り返った彼は、牛田刑事だった。一方、小川は、入口近くにいて、急須にお湯を注ぎ入れているところだった。

「あ、すみません」加部谷は謝った。「ちょっと、その、急いでいたので」

「今日はお休みかと思った」小川が言った。少し不機嫌そうな眉の形である。「どうしたの？　沙保里さんには会えたの？」

「会いました」雨宮が答える。「非常に重要な話を聞いてきました」

「栂原恵吾が、連続殺人犯だって証言したのですか？」牛田が言った。顔は穏やかだが、言葉には力がある。

「内緒にしておかないといけないのですが……」雨宮が言いかける。

「そうです」加部谷は牛田に言った。「雨宮さんは約束をしましたけれど、私はしていません」

「そんな、子供みたいなぁ」雨宮が言った。

「いや、そんな証言だけでは、はっきりいって、捜査にはあまり影響がありません」

「でも、メモリィスティックを渡されたんですよ」加部谷が早口で言った。「それを確認するために、走ってきたんです」

「タクシーでね」小川が言う。「ドアの音が聞こえた」

「とにかく、私は見ます」加部谷は、雨宮に向かって腕を伸ばし、手を広げた。

「えっと、私は、どうすれば良いのかなぁ」雨宮は苦しい表情。

「早く。こっちで見よう」加部谷が自分のデスクへ回り込んだ。「ちょっと、牛田さんは、こちらへ来ないで下さい。私たちだけで見ますから。なんでもないものかもしれませんし」

牛田は立ち上がっていたが、またソファに座り直した。小川も、立ったまま動かない。

加部谷は自分の椅子に座り、雨宮が加部谷の横に立ち、前のめりにパソコンのモニタを見る。加部谷がスティックを横から差し入れると、アイコンが現れたので、すぐクリックした。

「ウィルスじゃないでしょうね」加部谷が呟く。

フォルダは一つ。その中を開くと、幾つか同じ形のアイコンが現れる。写真のようだった。それらの一つを加部谷は開く。

写真が現れた。

次の写真は、角度を変えたものだが、写っているものは同じ。

その次も同じだ。

ファイル名が違うものを選ぶと、今度は明らかに違う場所で、違う人物が写っていた。

「ひぃぃ……」加部谷は声を漏らしてから、大きく深呼吸をした。

「大変だ」雨宮が呟く。

「どうする？」加部谷は雨宮を見てきいた。

「小川さん、刑事さん、こちらへ来て、ご覧になって下さい」雨宮が言った。

小川と牛田は、加部谷のデスクの後ろまで来た。特に、牛田が顔をモニタに近づけた。

加部谷は、さらに何枚か写真を表示させた。

「警察が撮影したものですか？」小川がきいた。

「違います。どれも、夜に撮られている。フラッシュを焚いている。鑑識が写真を撮ったのは、どの現場も、明るくなってからです」

「つまり、犯人が撮影したもの、ということですか?」小川がさらにきく。

「それは断定できませんが」牛田は息を吐いた。「違う現場のものもある。やはり、一連の事件に関係していた」

写っていたのは、いずれも真っ白な場所に倒れた女性だった。赤い血が、白い地面に流れ出している。仰向けで、ナイフが刺さったままのものもある。また、俯せに倒れ、顔が見えないものもあった。

「映画か演劇のために、役者を使って撮られたものかもしれない」牛田は言った。「しかし、この写真は……」彼はモニタに手を伸ばし、指差した。「この被害者は、見覚えがあります。それに、どれも倒れ方や場所が似すぎている。事情を知らない人間が真似ることは不可能だ」

雨宮も加部谷も、黙っていた。あまりにもショッキングな映像といえる。小川は口に手を当て、目を細めていた。

「鑑識に確認させます。預からせてもらいます」牛田は、片手を広げた。「雨宮さん、ご協力に感謝いたします」

7

牛田は、小川の淹れたお茶を一口も飲まずに、事務所から出ていった。お茶を三人で飲みつつ、三十分ほど事件についてあれこれしゃべった。ソファで端末を眺めていた加部谷が、突然声を上げた。

一昨日、福森宏昌が自宅で倒れているところを発見され、病院へ搬送された。重体だが意識はある、とのニュースが流れていたからだ。

「意識を取り戻したんだ」小川が言った。

「良かったですねぇ」加部谷は呟いた。「あ、病院前で中継していますよ」

それは、テレビの報道だった。小川は自分のデスクへ行く。加部谷も大きいモニタを求めてデスクへ移動。雨宮は、加部谷の後ろに立った。中継では名前を出すことはしなかったものの、病院入口が映し出され、病院名がはっきりと見えた。報道では、倒れた理由については説明がなかった。事件の容疑者として取り調べを受けていた福森なので、多くの人は自殺を連想するだろう、と加部谷は思った。

「どこの病院だか、知らせて良いのかなぁ」モニタを見て加部谷は驚いた。「ちゃんと警護しているんでしょうか?」

「今日は上演日だから……」雨宮が時計を見た。「終わるのは九時頃だから、まだ安全かな。いや、そんなことないか、実行犯は別にいる可能性がある」

「行ってみようか？　お見舞いに訪れる人がいるんじゃない？」加部谷が言う。

「お見舞いにいくのは、良いかも」小川が言った。「あの病院、ここからだと電車で十五分くらいで行ける。私、行ったことがあるから」

さっそく出かけることになった。例の写真を見て、興奮していたこともあったし、雨宮は執筆が終わって、少なからずハイになっていただろう。駅まで急ぎ、電車に乗った。

駅で四つめである。病院に近づくと、大通りの広い歩道に大勢の人が集まっていた。病院の正面へのアプローチには、警察の車が連なるように駐車されている。警官が、歩道の通行整理をしている前を通って、三人は病院の入口へ近づいた。

しかし、入口の前に、関係者以外は入れません、とアナウンスしている警官がいた。

「私たち、関係者だよね」雨宮が言った。

小川は、牛田に電話をかけた。すぐにつながったようだ。

「今、病院の前まで来たんですけれど」小川は小声で話し始める。「ええ、はい……、そうなんです。えっと、あと二人。はい、そうですか、お願いします」

話がついたのか、加部谷に向かってOKのサインを見せる。

近くにいたらしい牛田がロビィに現れ、自動ドアを開けて外へ出てきた。警官に、その人たちは入れても良い、と話したようだ。こちらへ、と手招きをした。

「恩を売っといた甲斐があったな」雨宮が、加部谷に囁いた。「福森さんの意識が戻ったら、栂原さんのことを話すんかな。本に是非、彼のコメントを入れたい」

「今日は、話すのは無理でしょう、まだ」歩きながら、加部谷は言った。

正面ロビィは人が少なく、照明が半分ほどに落とされている。受付にも人はいない。警官が通路に立っているだけだった。

牛田の後について、三人はエレベータの前まで歩いた。

「まだ、医者の許可が下りていないので、彼と話すことはできません」振り返って、牛田が説明した。「それに、意識障害が残る可能性もあるとのことです。脳への血流が一時的に止まっていたのですから」

「どうして、急にニュースが流れたのですか?」小川がきいた。

「いや、私にはわかりません」牛田が答える。

エレベータで四階へ上がった。出たところは、ナースステーションの前。三方向へ通路が延びている。ここには、制服の警官が十人近くいたし、それ以外にもっと大勢が通路に立っていた。白衣を着ている者も数名いて、話をしているようだった。

「このフロアの、あちらの奥の集中治療室にいます。マスコミが表に詰めかけているし、見舞いだという一般の人も数人来たそうです。今は誰も近づけないようにしています、万が一のことがないように。重要な参考人ですからね。ああ、雨宮さん」

「はい」雨宮が、牛田に近づいた。

「鑑識が例の写真を分析していますが、重要な証拠になりそうです。本当にありがとうございます」

「秘密にしておいてほしい、と頼まれてました。栂原沙保里さんにも、警護をお願いします」

「わかっています。入手の経路は、明かしていません」牛田は時計を見た。「まだ、お芝居が終わっていない。劇場に警察の者が到着しているはずです」

「福森さんは、なにか話していないのですか?」雨宮が尋ねた。

「看護師が、聞いています。一言、二言程度だったそうです。まだ、こちらへその内容は届いていません」牛田は答え、そこで一息つく。「事件解決まで、もう少しです」

「お見舞いすることもできませんか?」雨宮がきいた。

「部屋の中には入れませんが、ガラス越しでなら……」牛田は、歩き始めた。「こちらです。見えるのは、少しだけですが」

通路を進み、二人の警官の間を通る。右側にガラス張りの場所があり、通路が倍ほどに広くなった。ガラス越しに、明るい照明で、白い部屋が幾つか見えた。一つの部屋ではなく、途中にガラスの壁やドアがある。それらも上半分が透明なので、奥の部屋まで見通せる。ある部屋では、白衣の医師や看護師が計器を覗き込んで話をしていた。福森は、そんな空間の中央に寝かされているようだ。シーツを被り、顔には透明のマスク。コードやチューブが装置からつながげられているのも見える。まったく動いていない。ただ、顔はよく見えないので、眠っているのかどうかはわからない。

「一度意識を取り戻したのは、お昼頃のことだったそうです。その後は血圧も上がり、良い状態だったのですが、その後また血圧が下がっていて、緊急の措置を行った、と聞きました」

「危ない状態なのですか?」小川はきいた。

「どうかな、正直、私にはわかりません。医者の言うことは、良いのか悪いのか、読み取れませんね。犯罪者よりも、はるかに難しい」

若いスーツの男が近づいてきて、牛田に声をかけた。

「じゃあ、戻りますので。なにかあったら、電話して下さい」牛田は片手を上げる。

二人は低い声で話しながら、通路を歩いていった。

「なんか、単なる警備にしては、ものものしくないですか?」加部谷が言った。

治療室が見える通路の、ガラス張りではない方の壁際にベンチがあったので、そこに三人並んで腰掛けた。

「やっぱり、生きているとわかったら、犯人としては放っておけないってこと?」雨宮が加部谷にきいた。「そうなったら、もう観念して逃げるしかない」

「それとも、もう一度、殺しにくるか」小川が言った。真面目な小川の言葉だと、やけに重く感じられたので、加部谷は息を呑んだ。「たぶん、警察もそれを予測して、一方では、劇場を見張っているでしょうし、あとは、この病院で大事な証人を警護している、そんな状況？」

「劇場のお芝居が終わる時刻を気にされていましたね」雨宮は時計を見て言った。「もうすぐ終わりますよ」

「そうか、それで夕方にニュースを流したんだ」加部谷は言った。「上演中は、離れられないでしょうから、時間をコントロールできますよね。犯人は、逃げるにしても、襲うにしても、お芝居終了後になるから、時間的にも焦っているはず」

「ゆっくり夜中に行動するんじゃない？」小川は言った。「今夜が、きっと山場なんだ。牛田さんが緊張しているのが、こちらにも伝わってきた」

「伝わってきた？」加部谷は、小声で言いながら、雨宮を見る。雨宮は無言で、小さく首を傾げた。

8

福森と話ができないのなら、病院にいてもしかたがない、と雨宮が言いだした。時刻は九時を回っている。三人とも、まだ夕食を食べていない。かといって、空腹はさほど感じていない加部谷だったし、小川も雨宮も、その点については同じなのではないか、と思った。

沙保里からもたらされた証拠品で興奮気味だったけれど、多少は落ち着いてきた。おしゃべりをしているうちに、客観的な考察ができるような気になったためだ。

この状況は、やはり不自然といえる。警察が意図的に、このシフトを敷いて、犯人を罠にかけようとしている。そうとしか思えなかった。

警察に協力したから、三人は病院に入れてもらえたのだろう。せっかく中に入れたのに、ちょっと食事をしてきます、と出ていくのは惜しい状況である。なにしろ、病院前にはマスコミが集まり、中の様子がわからなくて、やきもきしているのだ。それを思うだけで、ちょっとした優越感に浸れる。エレベータホールにあった自動販売機でホットの缶コーヒーを買ってきて、また集中治療室の前でベンチに腰掛けた。

「牛田さんが、私たちを中に入れてくれたのは、第三者に目撃してもらいたい、ということなんじゃない？」小川は言った。「雨宮さんは、栂原恵吾の本を書いている。適任だと考えたのよ」

「囮捜査になりませんか？」雨宮が言う。仕事モードの声だった。「瀕死の福森さんを囮にしているようなものではありませんか？」

「かもね」加部谷は言った。「だけど、これだけ警官がいて、厳重に警護しているのだから、囮を放っている感じではないよ。あとで文句を言われないように、安全は確保しているって」

「むしろ、犯人が逃走すると予測しているんじゃない？」小川が言った。「劇場の方に捜査員の勢力を投入しているんだよ、きっと。そういう作戦だと思う」

「でも、牛田さんは、こちらにいらっしゃいますね」雨宮は言う。「彼は、捜査の主力グループではないのかな？」

「うん。そうみたい。だって、連続殺人として捜査本部が設置されているわけでもなく、今の捜査は、草元朱美さんの殺害、あの事件についてだから。そこでは、福森さんは、完全に第一容疑者。ほとんど犯人だと警察は見ている。牛田さんの話は、なかなか聞いてもらえなかったみたい。でも、福森さんに毒殺の疑いが出てきたから、ちょっと風向きが変わってきた。ようやく、栂原さんを見張ることになったんじゃないかな」

「昔の未解決事件より、今、世間を騒がせている事件を優先しないといけないんですね」

雨宮が言う。「警察も、ポピュリズムに押されているのか……。特に最近、ネットの発言が広がる速度が速いから、早め早めに先手を打たないとって、考えているんじゃないでしょうか」

「あのお爺さん、三郷さんにも、警察に協力するようにって、小川さん、言ってあげて下さい」加部谷は言った。「小川さんの言うことだったら、聞いてくれるんじゃないですか？」

「あの人の証言なんて、あまり影響しないと思うよ。それよりも、さっきの写真が凄い。あれは超スクープというか、捜査陣にも衝撃だったと思うな」

「こうなってくると、栂原恵吾の物語よりも、連続殺人で本を書いた方が絶対売れるよ」加部谷は雨宮に言う。「書き直せば？」

「簡単に言うなぁ……」雨宮は上を向き、息を吐いた。「書き直すにも、まずは犯人が捕まってもらわないことにはさ……。こんな曖昧な仮説だけでは、ジャーナリズムとはいえない」

「犯人が捕まっても、その後も捜査は続くし、裁判もあるし、全貌が見えてくるには時間がかかるわよ」小川が話す。「それが全部終わっても、真実がすべて明かされるかどうかわからない。だから、事実を調べて、その調べたことで仮説を組み立てるしかないと思う」

「真実かぁ……」雨宮が言葉を繰り返した。「たしかに、そうですね。誰も、本当のことなんて話さない。絶対に自分を庇(かば)う。都合の悪いことは伏せて、良いことだけを強調する。割り切れないことが多いし、納得がいかないことも多い。そんな感じですね、いつも」

加部谷は端末を片手に持っていた。個人の呟きを検索している。『望郷の血』や『栂原沙保里』をキーワードにするのが一番効率が良い。『成瀬舞花』ではヒットが多すぎるし、役に立たない物言いが煩(うるさ)いだけで、状況がまったくわからない。ただ、写真が多いという利点はある。

「お芝居が終了したみたいですよ」加部谷は報告する。

「ナースステーションのテレビを見てくる」小川は立ち上がった。「あちらの方が画面が大きいから」

「老眼ですか?」加部谷が言った。

「一言多い」小川が振り返って加部谷を睨んだ。彼女は、缶コーヒーを片手に通路を歩いていった。

「うん、思ったとおり。劇場の前でテレビのレポータが中継をやっとる」雨宮も端末を見ていた。「ヘリコプタでも飛ばしそうな勢いだな」

加部谷は、文字を読んでいた。リアルタイムの声よりも、もっと古いものを見たいと感じた。ネットに存在するものは、新しいものが多すぎて、古いものが隠れてしまう。たとえば、自分が子供の頃にはネットはなかった。携帯電話なんて、誰も持っていなかったのだ。栂原の前妻が殺されたのは、まだ最近のことだが、栂原の子供時代の情報はデジタルでは探せない。

人間は五十年以上生きる。過去にあったこと、子供の頃に経験したことは、往々にしてその個人を決定づける。加部谷自身も、子供の頃に、たまたま殺人事件に遭遇したことがあった。死んでいる人を見たのだ。その後、どういうわけか、物騒な経験を幾つか重ねているのも、なにか運命づけられたものだという気がしてならない。

きっと、この連続殺人犯も、子供の頃になにか経験したのだ。なにかを見たのだ。それは、どんなに検索しても、探すことはできない。個人の頭脳だけに刻まれたもの、焼きついたもの、傷跡のように消えないものにちがいない。

「見て」雨宮が、躰を捻り、モニタを加部谷に見せる。「栂原さん」

劇場のロビィだろうか、栂原恵吾と明知大河の二人に、大勢がマイクを向けていた。

「福森宏昌さんのことをお聞きになりましたか?」質問が飛ぶ。「なにか一言、お願いします」

栂原は立ち止まり、カメラの方を向く。フラッシュを避けて、片手を翳した。

「お見舞いにいきます」栂原は言った。「回復を願っております」

「明知さんは、いかがでしょうか？」別の声で質問された。

「同じ」明知は、梱原の横で言った。「一緒に、お見舞いにいきます」

「いつ行かれるんですかぁ？」

「奥様は、なんとおっしゃっていますかぁ？」

質問は途切れないが、二人は手を上げて、奥へ歩いていった。報道陣を制止するガードマンらしき数人が、二人を奥の通路へ導いた。

「お見舞いにくるって」雨宮が呟いた。「今からか？」

「どんな容態なのか、気になるんでしょう」加部谷は応える。「意識があって話ができるのかどうか、が一番知りたい。明日まで待てないんじゃない？」

小川が戻ってきた。

「テレビに、梱原さんが出ていましたね」加部谷が言う。

「見たよ」小川は頷いた。「あちらにいた警官が何人か、下のフロアへ行ったみたいだった。なにかあったのかしら」

「フォーメーションをチェンジするんでしょう」加部谷は話す。「表の玄関前はどうなっているのかなぁ。見てきましょうか？」

「見てきて見てきて」小川が言う。

「行ってきまぁす」加部谷は立ち上がり、歩き始めた。

エレベータに乗るときに、警官に睨まれた。病院の職員には見えないだろうから、当然かもしれない。もし、制止されたら、牛田刑事の名前を出せば良いだろう、と考えた。

一階のロビィは、相変わらず閑散としていた。警官は、三人いたけれど、加部谷に声もかけなかった。

正面の入口付近は、ガラス張りなので、外の様子がよく見えた。常夜灯が幾つか光っているため、外の方がむしろ明るく感じられる。警察のものと思われる車両が、近くにまで駐車されていたが、人はさほど多くはない。マスコミは、この場所を諦めたのだろうか。ドアの外には、警官が二人。その少し先のスロープを下りたところにも二人見えた。

駐車場はすべては見えないが、車で満たされているようだ。警察とマスコミのものだろう。ワンボックスか、マイクロバスのような車種が多い。おそらく、マスコミは車の中で待機しているのではないか。もし、栂原がここへ来るとしても、十五分以上かかるはず。

病院の関係者は、この正面口を通らないだろう。裏口か、あるいは地下駐車場からか、別の経路が使われているはず。たとえば、救急車も正面には来ない。専用の入口がある。そういった場所にも、警官が配置されているはずだし、マスコミも見張っているだろう。こんな厳重に警戒された場所に現れての犯行は、ちょっと考えられない。もしやるとしたら、もう捨て身の行為となる。むしろ、その方が怖いかもしれない、と加部谷は想像した。

9

加部谷は、四階に戻った。雨宮と小川はベンチに座り、眠そうな顔をしていた。

「いつまでいますか？」加部谷はきいた。

「下、どんなふうだった？」小川がきき返す。その報告がさきだろう、と言いたげに。

「特になにも」加部谷は首をふる。「静かですよ。病院って、ただでさえ不気味なのに、よけいに怖い感じ。一人で歩いていると、肝試しみたい。純ちゃん、行ってきたら？」

「どこへぇ？」雨宮が顔を上げる。

「一階まででも良いし、あ、屋上とか行ってきたら？」

「なんで行かなかんの。嫌だわ絶対」

「今、牛田さんにメールしたところだよ」小川が言う。「そろそろ、私たち帰ろうかと思っていますって」

「何て言ってきました？」

「今送ったところ。まだ、返事は来ない」小川は溜息をつく。「やっぱり、無理を言って入れてもらった以上、黙って帰るわけにいかないでしょう。あなたたちは、帰ったら？

いですか?」

「まあ、もうしばらくは、いましょうか」加部谷はベンチに腰掛けた。「お腹、空かな

私はここにいる」

「チョコレート食べる?」小川が言った。

「え? そんなもの持っているんですか?」

小川がチョコをバッグから取り出し、箱の中の銀紙に包まれたものを一つずつ、二人に手渡した。三人は、これを口に入れ、しばらく黙った。甘さが口に広がり、加部谷は、躰が温まったような気がした。

さらに二十分ほど、加部谷は端末を眺めていた。雨宮は、手帳を出して、なにか書いている。思いついたことをメモしているのだろうか。今どき珍しいアナログ活動である。小川は、大人しくなにもせずに座っていた。しかし、寝ているわけではない。じっと宙を見据えているようだった。目を開けたまま眠る能力を持っているのかもしれない。

「あ、来たみたい」加部谷はモニタを見て言った。

「何が来たのぉ?」雨宮がきく。

「ここの正面玄関だ、これって」加部谷はモニタの動画を見せる。「ほら、明知大河さんが来たって。えっと、あ、栂原さんもだ」

「テレビ見てくる」小川は立ち上がって、ナースステーションの方へ歩いていった。か

なり早歩きだ。

「本当に来た……」雨宮が腰を浮かせて言った。「俺たち、ここにおったらまずいんちゃう？」

「そんなことないよ。私たちも福森さんのお見舞いにきたって言えば良いだけじゃん」

「そうか……、そうだな」彼女は再びベンチに腰を下ろし、深呼吸した。

小川が帰ってきた。走っている。慌てている様子だ。

「来るよ。栂原、明知、それから、えっと演出助手の……」

「新垣さん」雨宮が言った。

「それからね、なんと、成瀬舞花も」

「ええっ！」加部谷は驚いて立ち上がった。「あ、だから、こんな喧しいことになっているんだ。もう、ネットがぐちゃぐちゃ。何を言いたいのかわからないものばっか。たしかに、もうツイートがトレンドに入っていますよ。病院の外にファンが殺到しているみたい」

「大騒ぎになるんじゃない？」雨宮が言った。「どこかに隠れた方が」

「そんな必要ないって」加部谷は言う。「とにかく、このベンチを死守しましょう」

「なんで、ベンチを？」小川がきいた。

「良い場所だから」加部谷は答えた。「取られたくない」

「病院に入れるんでしょうか?」雨宮が小川に尋ねた。

「どうかな。でも、関係者なんだし、有名人だし、とりあえず、入れるんじゃない?

だって、拒否する理由がないと思う」

「混乱を避けるためとか」雨宮が言った。

「入れないと、かえって病院前で大混乱になるのでは?」加部谷が言った。

ネットの騒ぎは続いている。何が起こっているのか、わからない人が大勢いて、とにかく大勢が、どうした、どうした、と騒いでいるのだ。祭りの神輿を担いでいる状況と似ている。

ナースステーションの方から声が聞こえた。何人かが話している。ざわついているのがわかった。通路のコーナを曲がり、数人がこちらへ歩いてくるのが見えた。

「もう隠れられん」雨宮が呟いた。

派手な色のスーツを着た一人は、明知大河だ。花束を持っていた。その横に茶色のブレザの栂原恵吾、そして、トレーナにジーンズの新垣真一の三人、新垣は、包装された箱を脇に抱えている。お見舞いの品だろう。さらに警官二人と刑事らしき一人が同行し、白衣の医師らしき年配の男性も一緒だった。病院の代表者か、それとも案内役なのか。

あっという間に、加部谷たちの前まで来た。白衣の男性が、ガラスの中を示し、あちらです、と言った。三人は、そちらをじっと見る。しかし、栂原がすぐに振り返り、べンチに並んで座っている女性三人に気づいた。

「あれ？　雨宮さん」驚いた顔である。「お見舞いにいらっしゃった？　よく入れましたね」

「はい、なんとか」雨宮が立ち上がって答える。「でも、直接の面会はできませんので、ここでお祈りするしかありません」

よくもそんな綺麗事が言えるものだ、と加部谷は感心し、うんうんと神妙な顔で頷いた。

栂原は、またガラス側を向いた。三人の男たちは黙って、そこに立っている。白衣の老人が、なにか説明をしていたが、ぼそぼそという声が小さいうえ、息が抜けたような口調で、何を言っているのかわかりにくい。現在は小康状態で、予断を許さない。しかし、著しく危険な状態からは脱した、というような内容だった。牛田が話していたとおり、医師の言うことは、どう受け止めて良いのか迷う。

また騒めきが起こり、通路の先のコーナに小柄(こがら)な女性が現れた。二人の男性と白衣の女性が一人付き添っている。成瀬舞花である。大人しい服装だった。雨宮の方がずっと派手だ、と加部谷は評価した。付き添いの三人は十メートルほど手前で立ち止まった。成瀬舞花一人が、明知たちに近づいた。同じ芝居をさきほどまでしていたはずだが、どうやら違う車でこちらへ来たのだろう。

明知や栂原と言葉を交わし、彼女もガラスの中を見て立った。口に両手を当てている。なにも言わなかった。涙を流さなければならないシーンだぞ、と声をかけたくなったが、加部谷は伏し目がちに装って、成瀬の履いている靴を見ていた。ヒールが高いし、大きめの目立つ靴だった。あんな靴を履いたことはないな、と思う。後方で待っている白衣の看護師もヒールだった。

改めて、小川と雨宮の靴を確かめた。小川のヒールは低い。雨宮はけっこう高い。自分はスニーカである。なるほど、このあたりが、女性としての意識の違いというものかもしれない、と思った。雨宮が言っていたとおり、いやな世の中だ。

突然、破裂音が鳴った。

一発だけ。

明知が手に持っていた花束を落とし、後方へ下がった。花は破裂したように四方に散り、加部谷たちの方まで飛んできた。

誰もが周囲を見回した。息を殺したような短い唸り声。しかし、言葉にはならない。

数秒後、また破裂音。

今度は、閃光(せんこう)が見えた。

白い煙も上がった。

「爆弾!」という叫び声。

誰が言ったのかわからない。警官の一人だっただろうか。

加部谷と雨宮は立ち上がり、通路の奥へ走った。小川も同じ方向へ来た。突き当たりには非常口の緑の表示。

破裂音が連続する。耳を覆いたくなった。

恐々振り返ると、通路には白煙が充満。閃光も複数見えた。

みんな、走っている。加部谷の方へも何人かが逃げてきた。すぐ近くに成瀬舞花がいることに気づく。

十秒か二十秒、破裂音が続いたあと、突然静かになった。

「何だ？」

「大丈夫ですかぁ？」誰かが叫んだ。

「花火か？」

「爆竹だ」

「近づかないで下さい。確認します」

「四階へ応援を要請！」

「怪我をした人はいますか？」

警官が集まってきたようだ。加部谷たちは、通路の端まで来ていた。非常口から出て、外の階段で逃げることを考えていた。通路に充満している煙で、咳をしている人が数人いる。ハンカチを鼻に当てている人もいた。加部谷のいるところは、それほどでもない。

「爆竹だったの？」小川が言った。「でも、誰が火をつけたんだろう？」

「明知さんが持っている花束が破裂したみたいに見えました」加部谷は言った。「火をつけたかどうかは、わかりませんでしたけれど……。普通の火だったら、誰かが気づきますよね」

雨宮は、加部谷の後ろに立っていて、両手を彼女の肩にのせたままだったが、その手が震えているのがわかった。

「純ちゃん、大丈夫？」加部谷は振り返った。

「うん」雨宮は頷いたが、目を見開いたままだ。「ピストルかと思った」

「誰も怪我をしていないみたい」加部谷は言う。「悪戯かな？」

「なにかの警告？」小川が呟く。

「悪戯じゃないでしょ」雨宮が言う。「酷いことするなぁ」彼女は深呼吸し、ようやく加部谷から手を離した。「今の、誰か動画撮っていたら、凄かったのに」

「防犯カメラに映っているでしょう」小川が冷静な口調で言った。

10

通路の中央に花束の残骸が落ちていて、巻いてあったものか、紙の一部が焦げているのがわかった。葉も花びらも広範囲に落ちている。そこから五メートルほどのエリアが立入り禁止になった。ベンチがぎりぎりエリア外だったが、成瀬舞花が座り込み、下を向いて泣いている。その横に座った男性が、彼女の顔を覗き込むようにして宥めているようだった。

明知、栂原、新垣の三人は、ナースステーションの方へ後退。しばらく、刑事らしき男と話をしていたが、今は姿が見えなかった。

集中治療室の中は変わりないようだ。白衣の医師と看護師がその手前の部屋にいるのが見えたが、ベッドにいる福森は、さきほどと同じ状態で、動いていない。

加部谷たちは、通路を戻ろうとしていたが、立入り禁止エリアを避けると、どうしても、ベンチに座っている成瀬舞花の足を跨がなければならない。通れないのだ。

「大丈夫でしたか?」雨宮が声をかけた。

「耳が聞こえなくなったって」答えたのは横にいた男性だ。マネージャかもしれない。

「今は、聞こえる」舞花が小声で言った。こちらを見ず、下を向いたままだった。

黄色のテープを警官が持ってきて、それを張ろうとしている。鑑識係は、ここにはまだいない。通路に散乱しているものを、誰も調べていなかった。

小川が膝を折り、低い姿勢になっていた。加部谷は近づいて、同じように屈んだ。

「探偵らしい仕事をしている」加部谷は囁いた。

「ほら、あそこ」小川は腕を伸ばす。「加部谷さん、写真を撮っておいて」

小川の指の先には、小さな緑の板が落ちていた。小さな黒いもの、銀色のものが、その表面に付いている。細くて黒い針金のようなものが、五センチほどそこにつながっていた。

「電子基板ですね」加部谷は言った。「どうして、こんなところに？」

「あそこにも」小川は立ち上がり、移動した。「ほら、これは電池だよ」

壁に近い場所に、五ミリくらいの丸いものがあった。ボタン電池のようだ。

「あ、あちらには、乾電池が落ちている」加部谷も見つけた。

普段使う乾電池よりもずっと小さい。直径は一センチもない。長さは四センチほど。

「えっと、つまり、単なる爆竹ではない、ということですか」加部谷は言った。

「そう、火をつける必要はなくて、発火させるための回路があった。タイマで作動したのかな……」

「いえ、基板から出ていたコードはアンテナですよ」加部谷は言う。「無線で発火させせたんだと思います」

「さすが、工学部」

「いえ、専門外です」

「となると、ここへ来たタイミングで発火させたんだ」小川は立ち上がって、腕組みをした。「コンクリートの壁があるし、遠くへは届かないでしょう？」

「アンテナがあったから、赤外線ではないし、電波だとしたら、アンテナの長さからして、極超短波です」加部谷は言う。「発信機の出力によりますよ、届く距離は」

「でも、近くで見ていたんじゃない？」小川は通路の先を見た。

ナースステーションの方角しかない。今は警官が二人と刑事が一人。警官の一人は女性だった。

「あのときいたのは……」加部谷は言った。「警察の人と、案内してきたお医者さん」

「いえ、成瀬さんが来たとき」小川は囁く。「マネージャの人？　あともう一人と……」

「白衣の看護師さんも」加部谷が言う。「若そうな人でした」

「あの人？」小川は指差した。

ガラスの中、治療室にいる。もう一人、白衣の男性もいるが、同じ場所ではない。

「あ、そう、あの人」加部谷は言った。「ハイヒール履いている人」

「え？」小川が首を傾げる。

その看護師が、福森の部屋に入るのが見えた。バインダのようなものを持っている。看護師の帽子を被っていたが、ストレートの長髪で、髪を纏めていなかった。

「看護師さんだったら、髪が邪魔でしょう」小川はそう言うと、黄色のテープを潜って中に入った。

「あ、小川さん、駄目ですよ」

通路にいた警官がこちらを向き、小川に近づきながら、手で出るように、と促す。

しかし、警官が近づくまえに、小川はドアを開けて、治療室へ入っていった。

「おい、待て!」警官が叫ぶ。「止まれ!」

警官もドアを開けて中に飛び込んだ。

小川は急いで部屋を横断し、さらに奥の部屋のドアを開けた。そこには、白衣の男性がいて、壁際の機器を操作しているようだった。小川を見て、両手を出して止めようとしたが、小川は構わず先へ進む。

周囲はいずれも、腰から上がガラスで、隣の部屋も見える。集中治療室は隣だ。ベッドの前に看護師の女が立っているのが見えた。

次のドアは二重になっていて、入ってすぐにまたドアがあった。小川は躊躇(ちゅうちょ)なく、それらを開け、集中治療室に飛び込んだ。

だが、そこで後ろからタックルを受け、小川は倒れそうになる。追いかけてきた警官だった。羽交締め(はがい)にされ、腕が拘束された。

「何をしているの！」小川は叫ぶ。

看護師は、こちらを見ず、ベッド上の腕に注射を打とうとしていた。

小川は左右に動こうと揺さぶったが、警官に持ち上げられ、足が浮いてしまった。

「駄目ぇ！　やめなさい。人殺し！」

大きな音がして、小川の右から加部谷恵美が飛び込んできた。しかし、別の警官に片手を摑まれていた。さらに、雨宮純が左から進み出て、白衣の女性に摑みかかろうとした。

女は、ようやくこちらを向いた。

マスクをしているため、目しか見えない。片手に注射器を持っていたが、その手首を、男の手が握っていた。

もう一方の腕を、雨宮が両手で摑む。注射器が床に落ちた。

女は、呆然(ぼうぜん)としたまま立っている。抵抗しなかった。

そこへ、牛田刑事が現れた。立ち尽くしている白衣の女の横へ、素早く回った。

「栂原沙保里だね。貴女を殺人容疑で逮捕します。逮捕状を見ますか？」

女は答えない。

牛田は、雨宮が握っていた腕と、ベッドの上の男が握っていた腕を、女の背中へ折り曲げる。女は力が抜けたように、膝を曲げ、床に座り込んだ。

牛田は背後で手錠をかけたようだ。

別の刑事が部屋に入ってきた。牛田は彼に、あとを頼む、と言った。その刑事が、女の近くで、なにかを早口で告げている。

「ああ、君たち、二人を解放して」こちらに向かって、牛田が指示した。「通路へ戻ってくれ」

小川の後ろの警官と、加部谷の腕を掴んでいた警官が二人から離れ、なにも言わずに部屋から出ていく。牛田が白衣を着ていることに、小川は今頃になって気づいた。

「すみません。隣の部屋にいたのは、私です」牛田は小川に小声で話した。「怪我はありませんか？　警官は、安全のために制止したのです。お許し下さい」

「はい。大丈夫です」小川は頷いた。「でも、驚いた……」小川はベッドを見る。「福森さんじゃないの？」

ベッドの上の男は起き上がり、酸素マスクを外す。こちらへ足を下ろし、頭に被っていた白いカバーも取った。

「鷹知さん」小川は驚いた。「どうして？」

「いや、たまたま、こちらに入院していたので……」

「嘘でしょう？」小川が高い声とともに近づいた。

「はい、嘘です」鷹知は笑った。「しかし、そういう話にしておいて下さい」

栂原沙保里は、長髪のカツラとマスクをつけたまま、もちろん白衣のまま、通路の方へ連れていかれた。左方向へ歩いて行き、すぐに見えなくなった。気がつくと、警察の人間はみんな治療室から出ていた。

「私がお願いしたんですよ」牛田が話す。「福森に似ているイケメンは、警察にはいなかったし、私の知合いでも、彼だけだったので、無理にお願いしたんです」

「静かだし、快適だし、気持ちが良くて、ぐっすり眠れましたよ」鷹知が言った。「目が覚めたら、注射を打たれそうだった」

「寝ていたんですか？」小川がきいた。

「いえ、無線で私から指示をしました」牛田が言った。「充分な安全対策を取っております。囮捜査ではありません」

「沙保里さんが犯人だと、わかっていたのですか？」雨宮が尋ねた。

「ええ」牛田が頷く。

「だったら、教えて下さい。知っていたら、こんなに焦って飛び込まなくても済んだのに」小川が言う。

「申し訳ありません。警察の人間のほとんども、誰が犯人かは知らなかった。捜査チームは、もちろん、栂原恵吾を疑っていました」

「あのぉ」加部谷が片手を上げる。「質問です。沙保里さんが、爆竹を仕掛けたのですか？

看護師に化けていたのも、用意周到ですよね。そんな時間がありましたか？」

「ありました。福森が電話をかけたんです。彼は、昨日のうちに意識を取り戻していました。公表しませんでしたが、本人が電話をかけるのは自由ですからね。今は、この病院の別の部屋にいて、しっかりと警護しています。なにしろ、彼は草元朱美さんを殺した実行犯です。その指示をしたのが、栂原沙保里だった。今日の朝、彼からその供述が取れました。沙保里は、お芝居の幕間のときに劇場を抜け出し、こちらの病院に来ました。もちろん、警察がずっと尾行しています。裏口から入ったときには、栂原沙保里と名乗り、福森宏昌に面会にきた、と受付で話しました。ここで福森を殺して、あとは逃走するつもりだったのでしょう。自分が犯人だとばれることも恐れていなかったようです。ナースの制服は、ロッカルームで盗んだのか、それとも持ってきたものか、これから調べます。爆竹の装置は、おそらく小道具さんに作らせたものでしょう。ナイフもそうでした。えっと、他に質問はありませんか？」

ここで、牛田は、全員を見回した。白衣を着て、メガネをかけ、グレィのオールバック。刑事よりも、手術が成功したあとの医者のように微笑んだ。

「もう、ここを出ていただいてけっこうです。私は、まだこれから仕事がありますが。ええ、本当に、ご協力、ありがとうございました。お疲れ様でした」

11

鷹知が、いつものスーツに着替えるのを待って、小川、加部谷、雨宮は一緒に、病院の一階までエレベータで下りた。ちょうど、入口から鑑識係と思われるグループが入ってくるのとすれ違った。

外ではマスコミがカメラを並べ、眩しい照明が方々から届いていた。警察の車両がロータリィで移動しているのもわかった。牛田は既に、ここにはいないかもしれない。

「鷹知さん、牛田さんになにか借りがあったのですか？」小川は尋ねた。

「ええ、そうなんです。いろいろお世話になっていましてね」鷹知が頭を掻いた。

「あんな危ないことを引き受けるなんて……」小川はそこまで話して言葉を切った。大きく一度背筋を伸ばし、深呼吸をしてから続ける。「ああ、なんか、いろいろ腹が立ってしまったみたい。私、こういうサプライズが嫌いなの。事前に話してほしかった。でも、ええ、話せない理由もわかります。安全を配慮してのことだったのですよね。はい、しかたないのかしら。でも、心配してしまったし……、絶対に明日くらい、筋肉痛になっていると思う」

「お詫びとして、なにかご馳走しますよ」鷹知は言った。

「やったぁ」加部谷が手を叩いたが、振り返った小川に睨まれた。

「私も……、小川さんと同意見です。決死の覚悟で飛びついていったんですよ」雨宮が高い声で言う。「小川さんも加部谷さんも警官に捕まって、私しかいないって思って」彼女は声を震わせ、泣き声になっていた。「もう、こんなのって、本当に……、私には向かない、もう、はぁ……、ごめんなさい、みんな無事で良かった」

「純ちゃんがいたから、犯人が逮捕できたんだよ」加部谷が言う。「あとで、私から感謝状をあげるから」

「いらんわ、そんなもん」雨宮が口を尖らせる。

「警察から、もらえると思いますよ」鷹知が言った。

「感謝状もらっても、事務所の利益にはなりませんからね」小川はそう言って溜息をついた。

「そうだよ、今回のことでお金が入るのは、純ちゃんだけなんじゃない?」加部谷が言う。目を潤ませていた雨宮が、顔を上げて、頬を膨らませた。なにか言いたそうな顔だったが、少しして、口もとを緩め、笑い顔になった。

「そうだ、そのとおりだ」雨宮は頷いた。「帰って、今日のことを書かなくちゃ」

しかし、四人で食事をすることになった。タクシーで赤坂へ向かい、鷹知のおすすめの店に入った。イタリアンレストランだった。小さな洒落た店で、丸いテーブルに四人が着いた。時間が遅いせいか、半分ほどは空いている。コース料理を注文した。

　ディナは静かに始まり、たった今経験してきたことを、誰も話さなかった。料理は美味しく、みんなが笑顔になった。人殺しと対峙したあとなのに、普通に食べものが喉を通るのだ、と加部谷は思った。

　デザートも食べ終わり、さらにワインを注文した。

「こんなところで食事ができるなんて、久しぶりです」加部谷は素直に喜びを語った。

「一仕事終わって、スッキリしましたね」

「ちょっと待って」小川が口を少し歪める。「そうか？　なにもわかっていない感じ、しない？　うーん、たとえば、どうして沙保里さんが連続殺人犯なの？」

「私が解釈したのは……」加部谷が話す。「つまり、沙保里さんが指示役で、彼女の男たちが実行犯なんです」

「このまえの事件では、福森さんが実行犯」雨宮が言った。「栂原さんの前妻は、福森さんの知合いが実行犯、爆竹の花束を持ってきた、あの三人も？」

「たぶん、そう」加部谷は頷いた。「栂原氏は、沙保里さんに完全に操られていたし、演出助手の人は、非常口から殺人を目撃する役だったし、あと、明知さんも、たぶんなにかさせられていいるんじゃないかな。とにかく、沙保里さんの言う成りだったわけね、男たちが」

「だいたい、そんな話でした。牛田さんから聞いたのも」鷹知が話した。「他の二件の事件でも、沙保里さんと関係がありそうな男が、容疑者として挙がっています。動機がないので、まだ逮捕されていませんけれど、沙保里さんには、なにか動機があったのでしょう」

「動機というのは、ただ雪の上で倒れて血を流す女を見たかっただけなのでは？」加部谷が言った。

「写真を撮ったのは実行犯で、それを沙保里さんに送っていたのですね」雨宮が言う。「どういう欲望なんでしょうか？　何を見たかったのでしょうか？　全然想像ができませんけれど」

「牛田さんが調べたところでは、沙保里さんは、子供のときに、母親が殺される事件に遭遇しているんだそうです。母親といっても、里親で本当の親子ではありません。栂原さんと同じく、彼女も孤児で、もっと小さいときは施設で育てられていました」

「それで、栂原さんに接近したんですね」小川が言う。「境遇が似ているから、引き合うものがあったのかしら」

「最初の里親になった女性は、沙保里さんと二年間親子として生活しました」鷹知は続ける。「しかし、途中で離婚をしてしまい、それでも沙保里さんを育てていた。その女性が、あるとき殺されて、家の前に倒れていた。強盗殺人として捜査されたようですが、未解決です。沙保里さんは十二歳だったとか」

「それ、もしかして、沙保里さんが犯人だったのですか？」雨宮が眉を寄せてきいた。

「わかりません。当時は、今ほど科学捜査が発達していないし、まして、田舎の事件です。物取りだという前提でしか調べなかったかもしれない」鷹知が説明した。「たとえば、指紋なども、身内の人間ならば、見つかっても不思議ではない。それ以外のものを見つけようとします。見つからなければ、手袋をしていた、拭き取った、手際の良い犯行、プロに違いない、となるわけです」

「育ての母親を殺す動機は？」小川が首を傾げる。「なにか、気に入らないことがあったの？」

「そのような報告はないそうです。しかし、沙保里さんは、母親の遺産で、その後生活ができたようです。数年間のことでしょうけれどね。中学を卒業して、地元の准看護師養成所へ入学しています。そこで資格を取り、東京へ出てきて、その後はよくわかっていませんが、すぐに女優としてスカウトされたようです」

「どうやって、男たちを操っていたの？　お金を持っていたわけでもないでしょう？」小川がきいた。

「うーん、そのあたりは、言葉にしにくい部分ですね」鷹知は苦笑した。「そういう能力があった、としか言えません」

「それで、看護師に化けられたんですね」加部谷が言った。

「ヒールのある靴だったし、長い髪も束ねていなかった」小川は言う。「看護師さんだったら、もう少しリアリティを追求すれば良かったのに」

「これまで、自分は手を汚さず、男たちを操って、人殺しをさせていたのに、今日は自らの手で犯行に及んだのは、どうしてなんでしょうか？」雨宮が、インタビュアのように質問した。「たしかに、爆竹を仕掛けた花束を持たせて、三人を囮に使ったのは、彼女らしいかもしれませんが」

「よほど、福森さんが憎らしかったんじゃない？」加部谷が話す。「ほかの事件は、雪の殺人シーンを作りたかったという動機？　でもたぶん、気に入らないとか、口封じとか、借金を踏み倒すとか、そういった損得が動機に少し加わって、今回も、口封じが一番の動機だとは思うけれど、でも、きっと、可愛さ余って憎さ百倍だったんだよ。そもそも、草元さんを殺させたのだって、なにか、えっと、踏み絵みたいな残忍さがありそう。雪のシーンを作りたかっただけじゃなくて」

「あ、そうそう……」鷹知が手を広げた。「草元さんが倒れていた駐車場が見下ろせる部屋を、沙保里さんは借りていたらしい。もちろん、偽名で部屋に入ったそうだけれどね」

「あ、じゃあ、そこから写真を撮っていたんですか？」雨宮は驚いた様子だ。

「写真を撮ったのか、見ていただけなのか」鷹知はそこで言葉を切った。

「そのために、わざわざ駐車場へ出したんですね」小川は呟く。「ああ、もうなんか、理解し難いとしかいいようがない感じ」

「だけど、不思議と腹が立たない。そんなことないですか？」加部谷はみんなにきいた。

三人とも黙っていた。お互いに顔を見合わせる。雨宮は、宙に視線を彷徨(さまよ)わせた。

「私は、そうね。たしかに、沙保里さんを憎いとは思わない」小川が言った。「酷いことをして、許せないし、殺された人たちは可哀想だし、とにかく、異常なのは確かだし、でも……、さっき、あの人の前に立ったとき、殴ってやろうとは思わなかったな。どちらかというと、鷹知さんや牛田さんに腹を立てていた」小川はそこで微笑んだ。「憎いっていうのは、相手が正常で、むしろ自分の信じている人の場合の感情なんだね。沙保里さんくらいになると、もう存在自体が遠くて、ただ、近寄りたくないのよ。怖い、気持ち悪い？　手を引っ込めてしまう。それに、何ていうの？　彼女が子供の頃から、あんなふうだったのだとしたら、身近にいる誰かが気づいてあげて、彼女を止めなきゃならなかったんだと思う。雨宮さんが、沙保里さんの手を握って止めたでしょう？　あのときの沙保里さんの顔、目を見開いて、自分の手を見たのよ。びっくりしていた。今まで、誰も止めなかったんじゃないかしら？　抵抗しなかったし、なにも言わなかった。心の底では、誰かに止めてほしいと思っていたのかもしれないじゃない。マスクをしていたから、目しか見えなかったけれど、怒りに満ちた目じゃなかった。驚いて、今にも泣きそうな目だったよ。さすが女優だなってあのときは思ったけれど、でも、演技じゃなかったのかも」

小川は溜息をつき、グラスのワインを飲んだ。何故か、涙が流れていた。三人が見ているので、彼女は微笑んだ。涙なのに微笑むのは、素敵だな、と加部谷は感じた。

エピローグ

ビンダーはたえず同じ点を陪審員に強調した。「彼を見てください！　連続殺人者のようにみえますか？　ごらんなさい。立ちたまえ、ウェイン」。彼はウェインに両手を前へ出すようにいった。「彼の手が柔らかいことを見てください。この手で人を殺したり、絞めたりする力が彼にあると思いますか？」

しばらく、テレビもネットも、雪上流血美女連続殺人の話題、そしてその主犯の履歴をつぶさに語ることでエネルギィを消費した。病院に見舞いにきた三人の男たちをはじめ、操られていた実行犯はもちろん、各種の共謀容疑で逮捕者が複数出ることになった。過去に遡り(さかのぼ)さらに多数の男たちの名前が挙がり、顔写真が報道されたが、年齢は二十代から五十代までさまざまだった。

主要な殺人教唆は、栂原の前妻、女優の草元朱美、それ以外に女性二人、また殺人未遂では福森宏昌。このほかにも、関連が疑われる事件が数件ある、と警察はマスコミに語り、捜査の範囲を広げ、各県警と連携し、解決に向けて努力する、というお決まりの報告を行った。

加部谷が尋ねたところでは、小川はその後一回だけ牛田と会ったらしい。どこで何をしたのかは聞いていないし、どんな話をしたのかもわからない。事件は話題にならなかったのだろうか。そんなはずはない。しかし、新たな情報があれば、小川は絶対に話すだろう、とは思った。

一方、雨宮純は、出版社と何度も打合せを重ね、今回の事件に関する本を執筆することになった。栂原恵吾のインタビューは、四分の一程度に凝縮されたので、大幅な書き直しに迫られた。今回の事件や過去の事件に関する資料が、出版社から大量に届けられ、その整理を加部谷は手伝わされた。

二週間ほどの時間で、それらをまとめ上げ、さらに二週間後には本が書店に並ぶという強行スケジュールだったが、なにしろ初版部数が大きい。その数字に目が眩んだのは当然で、雨宮はほぼ徹夜で仕事を続けたし、加部谷は彼女のアシストに専念し、小川の事務所には出勤できなかった。

その執筆期間の二週間の間にも、事件に関する新たな情報が届くし、締切を過ぎたあとにも、それは絶えなかった。結局本が出来上がり、売り出された時点でも、事件の捜査は続いていたから、つまり解決に至ったとはいえないだろう。いったい、解決というものはいつ、誰が宣言するものなのか、と加部谷は考えた。

締切の二日後に、雨宮は十五時間くらい眠っていた。いちおう生きていることを確認したあと、加部谷は、久しぶりに事務所に出勤した。

「おう、久しぶり」デスクの小川が明るい声で片手を上げた。「本はできたの?」

「仕事は終わりました」加部谷は報告する。「来週末まで休んで、そのあとは、書店を回ったり、なんか、そんな宣伝活動が待っているみたいです。でも、私はもう関係ありませんから」

「雨宮さん、テレビ映えするでしょう。これを機会に、コメンテータとかの依頼が来るかも」小川は言った。

「そうですね、見た目が良いから有利ですね。でもなぁ、ぽろっと名古屋弁が出ないか心配です」

「これで、ヒット二作めでしょう。仕事が軌道に乗るんじゃない? 羨ましいわぁ」

「こちらは大丈夫ですか?」加部谷はきいた。「私がお荷物になっていませんか? しばらく休職しても良いです。純ちゃんの居候で生きていけます」

「うん、まだ大丈夫」小川は片手を開いた。「そういうのは、私が考えることで、貴女は心配しなくて良いの。なんとか、仕事を取ってきますから」

「浮気調査でもなんでも、嫌がらずにやりましょう。退屈な仕事の方がむしろ安全でハッピィなんですよ、世の中は」

「そうね。本当にそのとおり。あ、実はね、一つだけ調査依頼が入ったの。昨日だけれど、ちょうど良かった。加部谷さんが出てきたら始めようと思っていた」

「何の調査ですか？　また、鷹知さんから譲ってもらったんじゃないですか？」

「違うよ、今回は。私の顔で来たんだから」

「へえ……」

「えっと、ある若者の素行を調べてくれって」

「若者？　男性？　なにか怪しいことをしているとか？」

「まあ、そうね。その人が結婚相手で、プロポーズを受けても良いかどうか、ちょっと一週間くらい尾行して調べてほしい、という依頼」

「退屈で良いじゃないですか」

「そうだね。ターゲットは、留学中の大学生だよ」

「うわぁ、それは珍しい。どこの国の人ですか？」

「日本人」小川は微笑んだ。「日本人で、ハワイに留学しているんだって」

「ハワイ？　ハワイって、留学先？　へえ、あれ？　じゃあ、その人が今、日本に来ているのですか？」

「違う、ハワイにいるの」

「ん？」加部谷は首を捻った。「ちょっと、よくわかりませんけれど」

「ハワイ大学に通っている人の素行を調べる」

「誰に頼むんですか？」

「だから、私たちがハワイへ行くの。もちろん、交通費は経費として請求できます」

「嘘！　パスポートがいりますね。えっと、まだ期限切れていないかなぁ」

「調べておいて、まあ、全然急ぎの仕事じゃないから大丈夫」

「おおぉ！　うわぁい。ハワイだぁ。ハワイなんて、行ったことないですよ。小川さんは？」

「若いときに」小川は澄ました顔で答えた。「仕事絡みで……、あ、そうか、今回も仕事だな」

「誰がこんな美味しい仕事を持ってきたんですか？　ロマンス詐欺じゃないでしょうね？」

「ある資産家の孫のお嬢さんがね、ハワイ大学にいて、むこうでボーイフレンドができたらしいの、その相手をこっそり調べてほしいって」

「相手も日本人なんですか？　せっかく留学しといて、日本人と結婚するなんてもったいないですね」

「いや、そんなことはないと思います」小川がゆっくりと言った。「それは偏見」

「勢いで言っただけです。孫が心配なんですね。自分で会いにいって、見てきたら良いのに」

「そうね。そのとおり。だけど、うーん、まあ、私への罪滅ぼしで、探偵事務所を援助する一助となれば、というような、はぁ、そんな感じ」

「罪滅ぼし？　あ、あの人ですね？　三郷さん、三郷元次郎さん？」

「否定はしません。忸怩たる思いでお受けしました。はぁ、断りたかったのですけれど、やっぱり、ハワイ一週間の旅には勝てない」

「ええ、勝てません、そんな……」

森博嗣著作リスト

（二〇二三年十月現在、講談社刊）

◎S&Mシリーズ

すべてがFになる／冷たい密室と博士たち／笑わない数学者／詩的私的ジャック／封印再度／幻惑の死と使途／夏のレプリカ／今はもうない／数奇にして模型／有限と微小のパン

◎Vシリーズ

黒猫の三角／人形式モナリザ／月は幽咽のデバイス／夢・出逢い・魔性／魔剣天翔／恋恋蓮歩の演習／六人の超音波科学者／捩れ屋敷の利鈍／朽ちる散る落ちる／赤緑黒白

◎四季シリーズ

四季　春／四季　夏／四季　秋／四季　冬

◎Gシリーズ

φ（ファイ）は壊れたね／θ（シータ）は遊んでくれたよ／τ（タウ）になるまで待って／ε（イプシロン）に誓って／λ（ラムダ）に

歯がない／ηなのに夢のよう／目薬αで殺菌します／ジグβは神ですか／キウイγは時計仕掛け／χの悲劇／ψの悲劇

◎Xシリーズ

イナイ×イナイ／キラレ×キラレ／タカイ×タカイ／ムカシ×ムカシ／サイタ×サイタ／ダマシ×ダマシ

◎XXシリーズ

馬鹿と嘘の弓／歌の終わりは海／情景の殺人者（本書）

◎百年シリーズ

女王の百年密室／迷宮百年の睡魔／赤目姫の潮解

◎ヴォイド・シェイパシリーズ

ヴォイド・シェイパ／ブラッド・スクーパ／スカル・ブレーカ／フォグ・ハイダ／マインド・クァンチャ

◎Wシリーズ

彼女は一人で歩くのか？／魔法の色を知っているか？／風は青海を渡るのか？／デボラ、眠っているのか？／私たちは生きているのか？／青白く輝く月を見たか？／ペガサスの解は虚栄か？／血か、死か、無か？／天空の矢はどこへ？／人間のように泣いたのか？

◎WWシリーズ
それでもデミアンは一人なのか？／神はいつ問われるのか？／キャサリンはどのように子供を産んだのか？／幽霊を創出したのは誰か？／君たちは絶滅危惧種なのか？／リアルの私はどこにいる？／君が見たのは誰の夢？

◎短編集
まどろみ消去／地球儀のスライス／今夜はパラシュート博物館へ／虚空の逆マトリクス／レタス・フライ／僕は秋子に借りがある　森博嗣自選短編集／どちらかが魔女　森博嗣シリーズ短編集

◎シリーズ外の小説
そして二人だけになった／探偵伯爵と僕／奥様はネットワーカ／カクレカラクリ／ゾラ・一撃・さようなら／銀河不動産の超越／喜嶋先生の静かな世界／トーマの心臓／

実験的経験／オメガ城の惨劇

◎クリームシリーズ（エッセィ）

つぶやきのクリーム／つぼやきのテリーヌ／つぼねのカトリーヌ／ツンドラモンスーン／つぼみ茸ムース／つぶさにミルフィーユ／月夜のサラサーテ／つんつんブラザーズ／ツベルクリンムーチョ／追懐のコヨーテ／積み木シンドローム／妻のオンパレード（二〇二三年十二月刊行予定）

◎その他

森博嗣のミステリィ工作室／100人の森博嗣／アイソパラメトリック／悪戯王子と猫の物語（ささきすばる氏との共著）／悠悠おもちゃライフ／人間は考えるFになる（土屋賢二氏との共著）／君の夢　僕の思考／議論の余地しかない／的を射る言葉／森博嗣の半熟セミナ　博士、質問があります！／庭園鉄道趣味　鉄道に乗れる庭／庭煙鉄道趣味　庭蒸気が走る毎日／DOG&DOLL／TRUCK&TROLL／森には森の風が吹く／森籠もりの日々／森遊びの日々／森語りの日々／森心地の日々／森メトリィの日々／アンチ整理術

☆詳しくは、ホームページ「森博嗣の浮遊工作室」
(https://www.ne.jp/asahi/beat/non/mori/) を参照

冒頭および作中各章の引用文は『マインドハンター　ＦＢＩ連続殺人プロファイリング班』（ジョン・ダグラス＆マーク・オルシェイカー著、井坂清訳、ハヤカワ文庫ＮＦ）によりました。

N.D.C.913　332p　18cm　　ISBN978-4-06-532044-0

情景の殺人者（じょうけいのさつじんしゃ）　Scene Killer

二〇二三年十月五日　第一刷発行

KODANSHA NOVELS

定価はカバーに表示してあります

著者―森　博嗣（もり　ひろし）

発行者―髙橋明男

発行所―株式会社講談社

東京都文京区音羽二-一二-二一

郵便番号一一二-八〇〇一

編集〇三-五三九五-三五〇六
販売〇三-五三九五-五八一七
業務〇三-五三九五-三六一五

本文データ制作―TOPPAN株式会社

印刷所―TOPPAN株式会社　製本所―株式会社若林製本工場

KODANSHA